Nudeln mit Soße – Eine ganz normale Familie
Marika Krücken

Nudeln mit Soße

Eine ganz normale Familie

Marika Krücken

Heiterer Familienroman

Bibliografische Information der Deutschen Nationalbibliothek: Die Deutsche Nationalbibliothek verzeichnet diese Publikation in der Deutschen Nationalbibliografie; detaillierte bibliografische Daten sind im Internet über http://dnb.dnb.de abrufbar.

© 2019 Marika Krücken
www.traumzeit-geschichten.de
Alle Rechte vorbehalten
Herstellung und Verlag:
BoD – Books on Demand, Norderstedt
Cover: Marit Krücken
Printed in Germany
ISBN: 9783732293261

So gebräuchlich es in einigen Haushalten ist, Nudeln mit Soße zuzubereiten, so alltäglich verläuft auch das Leben der Familie Wiesel.

Oder etwa doch nicht?

Bei fünf Kindern und diversen Haustieren sind Verwicklungen im Leben der Großfamilie geradezu vorprogrammiert. Da ist es ganz verständlich, wenn Maria Wiesel so manches Mal am liebsten die Flucht ergreifen möchte. Wie die Dame des Hauses es dennoch immer wieder schafft, eine Katastrophe zu verhindern, schildert die Autorin auf humorvolle Weise in diesem Buch. Eine heitere Geschichte über eine chaotische, aber liebenswerte Großfamilie.

Über die Autorin:
Marika Krücken, geboren 1953 in Uelzen bei Hannover, lebt mit ihrer Familie in Köln. Sie ist verheiratet und hat eine erwachsene Tochter. Seit 1985 schreibt die Autorin Kindergeschichten. Im März 2012 erschien ihr Buch »Marienkäfer Siebenpünktchen - Eine ungewöhnliche Freundschaft« als Neuauflage. Danach folgten zwei Bücher mit einzelnen Geschichten für jedes Alter »Die Geschichtenerzählerin« und »Weihnachtsduft mit Zimtgebäck« sowie ein zweites Kinderbuch »Flups & Flaps – Auf abenteuerlichen Wegen«. Neben der Liebe zur Natur verbindet die Autorin mit ihren Büchern eine weitere Leidenschaft, das Geschichtenerzählen. Ihr Ziel ist es, Kindern und Erwachsenen ein kleines Lächeln auf das Gesicht zu zaubern.

1. Kapitel

Das Telefon im Wohnzimmer läutete aufdringlich und durchbrach die Stille der kleinen Zweizimmerwohnung. Rrrring ... Rrrring! Der Ton ging durch Mark und Bein. Es war kein besonders melodischer Klang, sondern eher das schrille Geräusch eines Weckers, dessen Klöppel anhaltend gegen die Innenseiten der Glocken rasselten. Herr Berger schreckte aus dem Sessel hoch, in den er sich zurückgezogen hatte und wo er seine schwer verdiente nachmittägliche Ruhe hielt. »Ja, ja, ich komm' ja schon«, rief er laut, ohne die Verbindung herzustellen, als könnte ihn der Teilnehmer am Ende der Leitung hören. Es erwischte ihn ausgerechnet zu dem Zeitpunkt, als er ein wenig eingenickt war. Benommen schlurfte er zur Kommode und schaute auf das aufleuchtende Display. Die Nummer kam ihm irgendwie vertraut vor, allerdings konnte er sie auf die Schnelle nicht genau einordnen. »Hier bei Berger«, meldete er sich daher ziemlich barsch.

»Guten Tag, Herr Berger, entschuldigen Sie bitte die Störung, aber ...«

Was mochte wohl dem Hauseigentümer durch den Kopf gehen, als er die ihm bekannte Stimme am anderen Ende vernahm und den Grund des Anrufs erfuhr? Entweder dachte er über die Kündigung des Mietverhältnisses oder über den Verkauf des Hauses nach.

Aber beides kam für den rüstigen Rentner nicht in Betracht. Zu viele Erinnerungen hingen an dem alten Gemäuer fest. Es war sein Elternhaus, das er an ein junges Ehepaar mit mittlerweile fünf Kindern, einem Hund, zwei Kanarienvögeln, zwei Meerschweinchen und einem Hamster vermietet hatte. Nachdem seine eigenen Kinder alle schon lange ausgezogen waren und einige Zeit später seine Frau verstarb, entschied Herr Berger in eine kleine gemütliche Wohnung umzuziehen. Danach war das Haus monatelang nicht mehr bewohnt gewesen.

Kurz entschlossen nahm er seinen Handwerkskasten, um zum wiederholten Male das kleine Fenster im Badezimmer der Familie Wiesel auszuwechseln, welches die Blagen mit ihrem Fußball zerbrochen hatten. Zielstrebig klemmte er sich hinter das Steuer seines alten Kastenwagens, da er unterwegs beim Baumarkt anhalten und eine neue Scheibe besorgen musste. Die genauen Maße waren ihm inzwischen allzu geläufig, deshalb brauchte er vorher den Rahmen nicht erst auszumessen. »Herrschaftszeiten, das ist jetzt bereits das dritte neue Fenster, seitdem die Familie eingezogen ist«, fluchte er leise vor sich hin.

Diesmal war es der kleine Rotschopf Willi gewesen, der meisterhaft – anstatt wie es üblich ist, ins Tor zu schießen – über die Köpfe der anderen Jungen hinweg, ins Badezimmer getroffen hatte. Dummerweise war das Fenster geschlossen. Zu allem Überfluss saß das Familienoberhaupt auch noch zur gleichen Zeit in der Badewanne, sodass der Fußball genau vor diesem ins Wasser geplatscht war, es bis zur Decke hochspritzte und Herrn Wiesel wie einen begossenen Pudel aussehen ließ.

Als Herr Berger daran dachte, musste er schallend lachen. Die Vorstellung von Herrn Wiesels erstauntem Gesichtsausdruck, als plötzlich ein Fußball in dessen Badewasser schwamm und die Genugtuung, dass der kleine Willi aus erzieherischen Gesichtspunkten wohl eine ordentliche Standpauke zu hören bekommen hatte, entschädigte den Hauseigentümer ein wenig für die kaputte Fensterscheibe.

Wer hätte so etwas auch vorausahnen können, als damals vor fünfzehn Jahren Franz-Josef Wiesel mit seiner jungen Frau Maria bei Herrn Berger aufgetaucht war und nachgefragt hatte, ob dieser sein leer stehendes Haus vermieten würde und wenn ja, ob er etwas gegen eine Familie mit Kindern und Haustieren einzuwenden habe? Sie hätten ausgezeichnete Referenzen, Frau Schneider aus der Marienburg habe ihnen den Tipp gegeben, erklärte der Besucher mit Anspielung auf den vornehmen Stadtteil.

»Marienburg ...? Nobles Viertel ...«, verächtlich hatte der Hausbesitzer die Nase gerümpft. Dieser Hinweis ließ ihn ziemlich kalt, aber da sich auf seine Annonce in der Zeitung bisher noch niemand gemeldet hatte, war er froh gewesen, als das junge Paar plötzlich vor ihm stand und er selbst nicht weiter nach geeigneten Mietern suchen musste. Darüber hinaus mochte er die Eheleute gleich zu Anfang gern, da besonders Frau Wiesel von dem alten Haus, das seit Generationen in Familienbesitz war, geradezu schwärmte. »Es hat so einen eigenen Charakter mit dem verwunschenen Garten und dem alten Baumbestand«, sagte sie eifrig. »Und es sieht von außen sehr groß und geräumig aus«, fügte sie hoffnungsvoll hinzu. Bei der anschließenden Innenbesichtigung geriet sie ganz und gar aus dem Häuschen. »Schau mal, Franz-Josef, so ein schöner weitläufiger Wohnraum. Da können wir wunderbar einen langen Esstisch unterbringen und haben trotzdem noch genügend Stellmöglichkeiten für eine gemütliche Wohnlandschaft. Sogar eine schön geschwungene Wendeltreppe aus Holz führt von der Diele in die oberen Räumlichkeiten.«

Als der Hausbesitzer merkte, dass die junge Frau von seinem Elternhaus so begeistert war und die Familie es sicherlich ehrenvoll bewohnen würde, pries er nun seinerseits wortgewandt die Vorzüge des Hauses an. Geschäftig zeigte er dem Paar im hinteren Teil die Küche, die zusätzlich der Gerätschaften eine Fläche für einen zweiten Tisch bot, an dem die Familie dann das Frühstück einnehmen könne. Zudem führte eine Tür nach draußen, die als Seiteneingang genutzt werden konnte, was durchaus von erheblichem Vorteil sein würde, um die Einkäufe nicht durchs Vorderhaus in die Küche tragen zu müssen. Außerdem befanden sich im unteren Bereich ein separater Raum und eine Gästetoilette, in der oberen Etage zwei große Schlafzimmer und drei etwas kleinere sowie die beiden Badezimmer. »Und dadrüber noch der Speicher und natürlich unten der Keller«, erklärte Herr Berger. »An ausreichendem Platz wird es ihrer Familie bestimmt nicht mangeln.«

Die Wiesels waren sichtlich beeindruckt. Da Franz-Josef von Beruf Rechtsanwalt war, freute er sich auf den kleinen Raum im Erdgeschoss, wo er ein Arbeitszimmer einrichten wollte, um einige geschäftliche Dinge von zu Hause aus erledigen zu können. Vorsichtshalber kam er jedoch, bevor der Vertrag unterzeichnet werden sollte, noch einmal darauf zu sprechen, dass die Familie im Begriff stand, sich zu vergrößern und sie überdies vorhatten, Haustiere zu halten.

»Das stellt bei diesem großen Haus überhaupt kein Problem dar«, versicherte Herr Berger mit einem verschämten Seitenblick auf Marias Bauch, wo sich offensichtlich Entsprechendes abzeichnete.

Er hatte ja grundsätzlich auch nichts gegen Tiere und gleich gar nichts gegen Kinder. Im Gegenteil, er war sogar sehr tierlieb und Kinder mochte er äußerst gern. Zuerst waren es auch nur zwei Kinder gewesen und die beiden Kanarienvögel. Genau ..., das war anfangs! Nach und nach kamen immer mehr hinzu. So ungefähr jedes Jahr eine Neuanschaffung. Abwechselnd ein Kind, danach der Hund, wieder ein Kind und die zwei Meerschweinchen. Ach ja, dann wurde der Rotschopf Willi geboren und zum guten Schluss schafften sie sich auch noch einen Hamster an. In den folgenden Jahren wurden dann zwar Meerschweinchen, Kanarienvögel und auch der Hamster zwischendurch mal ausgetauscht, aber es war wenigstens kein Neuzugang mehr zu vermerken. Das war jetzt sieben Jahre her und Herr Berger hegte die stille Hoffnung, dass die Familienplanung nun endgültig abgeschlossen sei. Der Hausbesitzer machte sich insgeheim Sorgen, dass ansonsten bei weiterem Zuwachs das Haus aus allen Nähten platzen würde und die Familie umziehen müsste. Bei allem Verdruss, den solch eine Vermietung mit sich brachte, würde er die Wiesels samt ihrem Anhang doch sehr vermissen. Im Laufe der Zeit war selbst der Racker Willi dem älteren Herrn ans Herz gewachsen, ganz zu schweigen von dem sympathischen Ehepaar.

Herr Berger stand bei Wiesels am Haus und wollte gerade klingeln, als er von drinnen ein ohrenbetäubendes Geschrei vernahm. »Gib mir sofort meinen Frosch zurück, den habe ich gefangen«, konnte er dem Gebrüll entnehmen.

»Hol ihn dir doch!«, war die nicht minder lautstarke Antwort.

Plötzlich flog die Haustür auf und der neunjährige Max sauste an Herrn Berger vorbei. In der Hand hielt er den zappelnden Frosch an einem Bein fest. Herr Berger hatte im letzten Moment noch zwei Schritte zur Seite treten können, sonst wäre er von dem Jungen angerempelt worden und die neue Scheibe ebenfalls zu Bruch gegangen.

Genau genommen hieß der Bursche ja Maximilian Martin Markus, aber das war den meisten Leuten wohl zu lang. Der Vermieter verstand sowieso nicht, warum die fünf Kinder der Wiesels jeweils drei Vornamen hatten, die obendrein alle mit dem gleichen Buchstaben anfingen. Der Rotschopf Willi hieß auch nicht nur Willi, sondern Willibald Walter Wienand. Bei ihm kam erschwerend hinzu, dass sein Familienname auch noch mit dem gleichen Buchstaben begann. Vielleicht konnten sich die Eltern nicht auf einen einzigen Vornamen einigen, sinnierte Herr Berger, oder es wurden alle möglichen Verwandten durch die Weitergabe der Namen geehrt, was für den Hauseigentümer wiederum eine schöne Geste darstellte. Jeder wie er mag, leben und leben lassen, war sein Wahlspruch.

Hinter Max jagte der elfjährige Fritz her. Genauer gesagt, Friedrich Ferdinand Florian.»Wenn du mir nicht auf der Stelle meinen Frosch zurückgibst, dann sage ich es Papa.«

Herr Berger ging kopfschüttelnd hinein. Er fand die Dame des Hauses in der Küche vor.

Maria Wiesel war damit beschäftigt, das Abendessen für die gesamte Familie zu richten. Das war gar nicht so einfach, wie es sich vielleicht im ersten Augenblick anhören mochte. Jeder, der sich dem Haus und seinen Bewohnern zugehörig fühlte, einschließlich ihres Ehemannes, hatte eine andere Vorstellung von seinem Abendbrot. Sogar die Tiere schnupperten kritisch an ihrem jeweiligen Futternapf und zogen beleidigt von dannen, wenn der Inhalt nicht ihren Vorlieben entsprach.

Die siebzehnjährige Josefa Juliane Johanna, genannt Josi, befand sich gerade auf dem „Öko-Trip" – wie die Jungen der Familie es nannten und bei jeder sich bietenden Gelegenheit darüber spötttelten. Öko-Trip ... Was immer das heißen mochte ... Für die Hausfrau bedeutete es jedenfalls: Ihre Tochter aß seit Wochen morgens, mittags und abends überwiegend Grünfutter. Und das auch noch aus eigener Produktion, da es absolut ökologisch und ohne den Einsatz jedweden chemischen Pflanzenschutzmittels selbst angebaut wurde. Nach vorheriger Zustimmung väterlicherseits und größten Bedenken mütterlicherseits hatte Josi zum vergangenen Sommer im Garten ein Gemüsebeet oder besser gesagt ein Gemüsefeld angelegt. Nachdem dann die schwierige und harte Arbeit des Umgrabens sowie Einsäens der verschiedenartigsten Gemüsesorten und Kräuter getan war – und Josi die Hochachtung ihres Vaters stolz entgegengenommen hatte, der sich voller Lob, ob der Blasen in den Handflächen sowie des Fleißes seiner Ältesten äußerte – überließ sie die ihrer Meinung nach wesentlich leichtere Aufgabe des täglichen Unkrautjätens sowie schmerzhafter Rückenbeschwerden Maria, die weder ein Lob ihres Mannes noch ihrer Tochter erwartete.

Ein kleiner Seufzer entwich Marias Lippen, während sie grüne, gelbe und rote Paprika in schmale Streifen schnitt.

»Grüß Gott, Frau Wiesel.«
»Ach, Herr Berger, es tut mir furchtbar leid, aber was sollen wir machen? Wir können die Jungs doch nicht festbinden. Aber die Fensterscheibe muss der Willi mit seinem Taschengeld abbezahlen, auch wenn es Monate dauert.«
»Seien Sie nicht so streng mit dem kleinen Kerl«, lachte Herr Berger. »Ich gehe dann mal nach oben und wechsele die Scheibe aus.«

Maria ergab sich in ihr Schicksal und widmete sich erneut der Abendmahlzeit und deren Vielfältigkeit. Während sie noch darüber nachdachte, ob es wohl richtig wäre, Willi die kaputte Fensterscheibe von seinem Taschengeld abzuziehen – schließlich waren seine Freunde ja nicht so ganz unbeteiligt an der Sache und nach anschließender Strafpredigt von Franz-Josef sehr niedergeschlagen gewesen – wurde unversehens die Küchentür aufgestoßen und Kathi wirbelte herein.
»Mom, wann gibt es etwas zu essen? Ich habe einen gigantischen Kohldampf.« Sie nannte ihre Mutter seit einiger Zeit Mom oder Mommy, je nach Gemütszustand, aber warum sie das tat und das amerikanische Wort für Mama gebrauchte – das wusste kein Mensch. Und die so Betitelte schon gleich gar nicht. Kathi selbst wahrscheinlich auch nicht. Maria konnte es sich nur so erklären, dass es bei den Jugendlichen gerade als „chic oder en vogue" galt, auf das altbewährte, zärtliche Mama als Kosewort zu verzichten und dafür auf zeitgemäße Begriffe zurückzugreifen. Sie erinnerte sich an die Jugendsprache ihrer eigenen Generation und wie sehr sich diese im Laufe der Zeit gewandelt hatte.

Katharina Konstanze Kunigunde Wiesel war ein großes, hoch aufgeschossenes Mädchen. Sie überragte mit ihren fünfzehn Jahren nicht nur ihre ältere Schwester Josi, sondern auch ihre Mutter um Haupteslänge. Zudem spielte sie in der Korbballmannschaft der Schule, was nicht zuletzt auf ihre Größe zurückgeführt werden konnte und ihr deshalb die uneingeschränkte Bewunderung ihrer Brüder sicherte. Maria hoffte jedoch, dass Kathi mit dem Wachstum bald abschließen würde, denn das Kleidungsbudget der Familie wurde dadurch sehr belastet. Kathi war diejenige ihrer Kinder, die oftmals im Sommer sowie im Winter doppelt neue Kleidung brauchte, da sie gerade zu diesem Zeitpunkt wiederholt gewachsen war. Hinzu kam, dass die wenig getragenen Sachen nicht nach unten weitergegeben werden konnten, weil sich ihre Brüder vehement geweigert hätten, Mädchenklamotten anzuziehen, obwohl Kathis Schlabberlook nicht unbedingt danach aussah. Allein das Wissen dieses Umstands würde den Jungs körperliche Schmerzen verursachen. Die Einzige war ihre ältere Schwester, die ab und an mal ein Sweatshirt oder einen Pulli von ihr übernommen hatte. Der unkomplizierten Josi war es bis vor Kurzem noch egal gewesen, ob die Sachen zu lang waren und etwas lockerer saßen. Allerdings hatte sich das mittlerweile auch geändert und Maria war nun regelmäßig ein gern gesehener Gast in der Kleiderkammer, um bedürftigen Familien mit den Sachen der Kinder eine Freude zu machen. Diese wurden von den Menschen in den Flüchtlingsunterkünften, die an verschiedenen Punkten der Stadt entstanden, dringend benötigt. Maria schauderte es bei dem Gedanken, wie viele in den letzten Jahren die Heimat verloren hatten und nun Zuflucht in fremden Ländern suchten, um einem Krieg im Herkunftsland zu entgehen. Was mochten diese Menschen erlitten haben, dass sie sich in die Fänge gewissenloser Schlepper begaben. Kaum waren sie dem Terror entkommen, pferchte man sie in überfüllte Schlauchboote, die reihenweise vor der Küste Lampedusas untergingen. Und diejenigen, die durchkamen, konnten noch von Glück sagen, dass sie wenigstens ihr nacktes Leben gerettet hatten. Angesichts solcher Schicksale empfand Maria die eigenen Sorgen stark übertrieben. Resolut verdrängte sie ihre kleinen Kümmernisse und wandte sich an ihre Tochter.

»Das Essen ist gleich fertig, geh bitte schon mal den Tisch decken. Ich glaube, du bist diese Woche dran.«

»Nö, ich habe an Fritz verkauft. Ich rufe noch mal eben rasch bei Sabine an.«

Blitzschnell war Kathi zur Tür hinaus.

2. Kapitel

Die Verteilung kleiner Hilfeleistungen im Bereich des häuslichen Zusammenlebens hatte Maria ihrem Ehemann Franz-Josef zu verdanken. Nicht, dass der Grundgedanke falsch gewesen wäre, da es schlicht und ergreifend vonnöten war, in einem mehreren Personenhaushalt eine gewisse Struktur zu errichten, erwies sich doch die Durchführbarkeit als wenig nützlich. Nachdem die Kinder, nach jeder beendeten Mahlzeit, ihrem Namen zur Ehre gereichten und im wahrsten Sinne des Wortes flink wie die Wiesel den Tisch und meistens auch das Haus verließen, somit also nicht mehr habhaft waren, stellte das Familienoberhaupt einen umfangreichen monatlichen Dienstleistungsplan für die gesamte Familie auf. Franz-Josef war besessen davon, alle relevanten Entscheidungen schriftlich zu fixieren. Das mochte wohl an seinem Beruf liegen. Stolz heftete er den Plan an die Kühlschranktür mit der Bemerkung, dass sich ab sofort jeder daran zu halten habe, um Maria bei der Hausarbeit zu unterstützen. Das Ergebnis war, dass diese Dienstleistungen verkauft wurden. Wie auf einem orientalischen Basar wurde gefeilscht und geschachert. Es entwickelte sich ein blühender schwunghafter Handel, den die einzelnen Familienmitglieder bis zur Perfektion betrieben. Irgendwie schaffte es jeder, seine heimischen Verpflichtungen so zu verkaufen, dass Maria am Ende doch alles selber machen musste. Trotzdem hatte sie im Gegensatz zu ihrer Familie nichts dafür erhandelt. So war es wahrscheinlich auch heute wieder. Es würde sie nicht wundern, wenn alle verkauft hätten und das Tischeindecken an ihr hängen blieb. Und tatsächlich! Im Esszimmer war weder jemand zu sehen noch war der Tisch gedeckt. Heute wollte sie aber der Angelegenheit ernsthaft auf den Grund gehen. Sie fand Kathi in deren Zimmer mit dem Handy beschäftigt.

Obwohl sich die Freundinnen gerade erst verabschiedet hatten, gab es ständig irgendeinen Anlass, kurz darauf noch mal miteinander zu telefonieren oder mehrere SMS zu schreiben. Selbst während der Mahlzeiten wurden unter dem Tisch, trotz striktem Handyverbot beim Essen, zahlreiche Nachrichten ausgetauscht. Dabei konnte es durchaus passieren, dass die eine oder andere bei Franz-Josef landete und es mehrfach in seiner Jackentasche piepte, wenn eins der Kinder beim Versenden aus Versehen auf den falschen Kontakt gedrückt hatte. Unter dem vorwurfsvollen Blick seiner Frau zog er dann das Handy aus der Tasche und stellte es aus. Als er später seine Nachrichten durchsah, war er erstaunt, warum Kathi per SMS fragte, was er am nächsten Tag anzuziehen gedenke, obwohl sie ihm genau gegenüber am Tisch gesessen hatte. Als er sich daraufhin mit der Bitte um eine Erklärung an Maria wandte, durchschaute diese sofort die versehentliche Kontaktaufnahme.

Ab diesem Zeitpunkt lagen alle Handys der Familie nebeneinander aufgereiht in der Diele auf der Kommode und wanderten erst nach dem Essen wieder in die Taschen der jeweiligen Besitzer.

»Kathi, leg sofort das Handy weg. Ich habe mit dir zu reden.«

»Och, Mommy, ich muss mit Sabine noch unsere Hausaufgaben besprechen.«

Normalerweise half die kleine Anspielung auf die Schule. Heute jedoch schien ihre Mutter kein Pardon zu kennen. »Das kannst du nach dem Essen auch noch tun. Ich möchte jetzt von dir wissen, warum du den Tisch noch nicht gedeckt hast, obwohl du für diese Woche dafür eingeteilt bist.«

»Das hab ich doch schon gesagt. Ich habe an Fritz verkauft. Er hat dafür immerhin ein ganzes Päckchen Kaugummi von mir bekommen«, entrüstete sich Kathi, als hätte sie dafür ihr gesamtes Taschengeld opfern müssen.

»Gut, dann suche bitte deinen Bruder Fritz. Er möchte so freundlich sein und den Tisch decken«, beendete Maria das Gespräch.

Kathi sputete sich und sah zu, dass sie dem Blickfeld ihrer Mutter entkam. In der Diele stieß sie fast mit ihrem Vater zusammen. »Halt mal, junge Dame! Wohin so eilig?«

»Hallo Paps! Schon zu Hause? Ich muss ganz rasch noch zu Sabine rüber, wegen der Hausaufgaben. Ich bin in fünf Minuten zurück.«

Herr Wiesel brachte seinen Aktenstapel, den er vor der Brust balancierte ins Arbeitszimmer und ging kopfschüttelnd in die Küche. Dort fand er seine Frau, die in dafür bereitgestellte Schüsseln Nudeln und Tomatensoße verteilte.

»Hallo Liebes! Mmh, das riecht aber lecker! Ich habe einen Mordshunger.« Franz-Josef war das Gegenteil davon, was man landläufig als Kostverächter bezeichnete. Er liebte gutes Essen und davon besonders viel. Die Küche seiner Frau bot einen bedeutenden Anreiz, um rechtzeitig zu den Mahlzeiten an Heim und Herd zurückzukehren. Nicht zuletzt deswegen nahm er sich aus der Kanzlei zu bearbeitende Akten der Mandanten häufig mit nach Hause.

»Das Essen ist fertig. Ich warte nur noch auf Fritz, dann können wir sofort essen. Er hat von Kathi das Tischeindecken gekauft. Aber der Bengel ist nicht da.«

»Ach ja«, erinnerte sich der Hausherr, »das kann ich aufklären. Ich habe von Fritz gekauft. Dafür soll er für mich das Schuhputzen übernehmen. Später fiel mir ein, dass ich ausgerechnet in dieser Woche so viele Besprechungen im Büro habe und nicht immer pünktlich zu Hause sein kann. Darum habe ich mir überlegt, dass es besser wäre, wenn jemand anderes vorher den Tisch decken würde. Deshalb habe ich an Josi verkauft. Sie hat mir doch tatsächlich zehn Euro dafür abgeluchst«, schmunzelte Franz-Josef.

Maria sah ihren Mann ungläubig an. »Dass du diesen Handel auch noch unterstützt, hätte ich nicht gedacht. Aber ganz egal, solange der Tisch nicht gedeckt ist, gibt es kein Abendbrot.«

Franz-Josef nahm seine Frau in die Arme und lachte. »Aber Liebes, das ist doch kein Problem. Ich suche jetzt Josi und dann können wir in ein paar Minuten essen. Sie hat es sicher nur vergessen.«

Pfeifend lief er schwungvoll, immer zwei Stufen auf einmal nehmend, die Treppe hinauf. Er fand seine Tochter in ihrem Zimmer auf- und abgehend. In der Hand hielt sie mehrere Seiten eines Manuskripts, aus dem sie abwechselnd mal mit einer hohen, leicht vibrierenden Stimme zitierte, und mal klangvoll und sonor erwiderte.

Josi war eine von auserwählten Schülern ihrer Klasse, die an der alljährlichen Theateraufführung der Schule für die Abschlussfeier der Abiturienten teilnehmen durften. Sie sollte die Hauptrolle in Shakespeares Tragödie Romeo und Julia spielen. Seitdem stand ihr Wunsch fest, Schauspielerin zu werden. Noch vor nicht allzu langer Zeit wäre dies undenkbar gewesen, da sie von Natur aus eher wortkarg und zurückhaltend veranlagt war und so gar nicht für die Schauspielerei geeignet erschien. Andererseits fiel es ihr extrem leicht, seitenlange Texte auswendig zu lernen. Mit jeder Probe wurde sie zusehends selbstbewusster. Die Jungen machten sich unweigerlich über den Star in der Familie lustig. Auch hier bot ihnen die Siebzehnjährige eine breite Angriffsfläche, genauso wie mit der vegetarischen Ernährungsweise. Bei jeder sich bietenden Gelegenheit dichteten sie ihr frotzelnd in naher Zukunft einen „Star of Fame" auf dem Hollywood Boulevard an. Je näher Josi dem Erwachsenwerden kam und sich von der Kindheit entfernte, je größer wurde die Diskrepanz zu den jüngeren Geschwistern. Das führte dann mitunter zu harten Auseinandersetzungen, die damit endeten, dass Josi ihre Zurückhaltung vergaß und nicht gerade damenhaft, aber dafür umso theatralischer, gestikulierend und schreiend hinter den Burschen herlief.

Franz-Josef musste schmunzeln, als er seine Tochter deklamierend vor sich sah und daran dachte. »Du Josi, sei so lieb und decke eben schnell den Tisch. Hast du vergessen, dass ich an dich verkauft habe?«

»Hallo Paps, nein, ich hab´ es nicht vergessen. Allerdings habe ich an Max verkauft, weil ich momentan so sehr mit der Schulaufführung beschäftigt bin. Daran habe ich vorher nicht gedacht.«

»Nun gut, dann entschuldige bitte die Störung. Komm trotzdem gleich zum Abendessen herunter. Sobald ich Max gefunden habe und der Tisch gedeckt ist, können wir essen.« Leise zog er die Tür ins Schloss und begab sich auf die Suche nach Max.

Im Zimmer seiner beiden Jüngsten war Willi, zumindest dem Anschein nach, mit seinen Hausaufgaben beschäftigt. Als der Junge seinen Vater sah, sprang er auf und hielt sich sogleich mit beiden Händen seinen Hosenboden fest. Wohl in Gedanken an die kaputte Fensterscheibe. Beim Anblick seines schuldbewussten Sohnes wunderte sich Franz-Josef: Wo mag das Kind nur diese blühende Fantasie herhaben? Weder er noch Maria hatten jemals auch nur mit einem kleinen Klaps erzieherisch auf die Kinder eingewirkt. Ihre erzieherischen Maßnahmen beschränkten sich je nach Alter und Vergehen lediglich auf Fernsehverbot, Ausgehverbot oder Taschengeldkürzung. Und Willi tat gerade so, als würde gleich ein Trommelgewitter auf seinem Allerwertesten niederprasseln. Franz-Josef befürwortete es, dass solche Methoden seit Langem grundsätzlich vom Gesetzgeber verboten waren. Trotzdem konnte er sich das Lachen beim Betrachten des reumütigen Kindes kaum verkneifen. Das Gesicht des Jungen verzog sich in schmerzvoller Weise. Sofort öffneten sich seine Schleusen. Er konnte von einer Sekunde zur anderen ganze Tränenbäche über seine Wangen fließen und genauso schnell wieder versiegen lassen.

»Du brauchst keine Angst zu haben. Deine Strafe hast du ja schon bekommen. Wo ist denn Max?«, beeilte sich Franz-Josef zu fragen.

»Ich glaube, er ist im Keller«, antwortete Willi, erleichtert darüber, dass sein Vater die Scheibe nicht doch noch auf seinem Hosenboden erwähnte.

»Hör jetzt erst einmal mit den Schulaufgaben auf und komm herunter. Wir wollen gleich essen.«

Auf dem Weg in den Keller dachte Franz-Josef: Im Grunde genommen können wir doch stolz auf unsere Rasselbande sein – Fensterscheibe hin, Fensterscheibe her. Es sind halt richtige Jungs. Er schaute rasch noch einmal in die Küche, um seiner Frau zu sagen, dass es wohl Max ist, der den Tisch decken muss.

Maria saß geduldig am Küchentisch. Sie harrte der Dinge, die da bezüglich des Tischeindeckens kommen würden. Sie war gespannt, wer am Ende das letzte Glied in der Kette war. »In zwei Minuten können wir essen«, rief Franz-Josef schon ein wenig außer Atem.

»Ich lauf schnell in den Keller und sage Max Bescheid.«

Im Keller war kein Max zu sehen. Weder an der Werkbank noch im Fahrradraum entdeckte er den Jungen. Langsam wurde der Hausherr etwas ärgerlich. Vor allen Dingen machte sich sein Magen immer mehr bemerkbar.

Endlich fand er Max im Garten. Er und Fritz waren mit einem Frosch beschäftigt, den sie von einer Hand in die andere wandern ließen und genauestens untersuchten. Dabei gingen sie streng wissenschaftlich vor. Max versuchte vergeblich, die Hinterbeine des Tieres mit einem Zentimetermaß abzumessen. »Halt ihn doch mal richtig fest. Du musst ihm die Beine gradeziehen.« »Ob der wohl Zähne hat?«, fragte Fritz neugierig. »So ein Quatsch«, erwiderte sein Bruder. »Frösche haben keine Zähne. Sie schlucken ihre Beute am Stück hinunter.«

Franz-Josef schaute auf die zappelnde Kröte in der Hand seines Sohnes und schüttelte den Kopf. Das arme Tier tat ihm leid. Er nahm sich vor, nach dem Essen einmal ein ernstes Wort mit den Buben zu reden und ihnen die Grundbegriffe des Tierschutzes zu erklären. »Max, du gehst dir sofort die Hände waschen und anschließend den Tisch decken. Ich habe Hunger und möchte endlich essen.«

Er war bereits auf halben Weg zurück ins Haus, als Max hinter ihm herrief: »Ich bin nicht dran. Ich hab für einen Wucherpreis an Willi verkauft. Er hat zehn meiner schönsten Glasmurmeln dafür verlangt.« Mittler-

weile war es Franz-Josef anzumerken, dass er nun doch ziemlich ungehalten wurde.
»So ist das nun mal, wenn man unliebsame Arbeiten loswerden will. Das hat eben seinen Preis. Aber gut, verkauft ist verkauft.«
Nachdem aber anscheinend alle anderen verkauft hatten, und nur noch Willi übrig blieb, musste eben Willi den Tisch decken. Der Schlingel hätte ja auch mal was sagen können, als ich bei den Jungs im Zimmer war, dachte Franz-Josef. Er traf seinen jüngsten Sohn in der Küche an. Dort hatten sich zwischenzeitlich vom Hunger getrieben auch die übrigen Familienangehörigen eingefunden. Alle, außer Kathi. »Willi, nun mach mal voran und decke flott den Tisch, damit wir endlich essen können.«
»Aber Papa, ich habe doch verkauft.«
Nun reichte es dem Familienvorstand endgültig. Franz-Josef platzte buchstäblich der Kragen. »Willibald Walter Wienand, du gehst jetzt schleunigst den Tisch decken, sonst setzt es wirklich mal was auf den Hosenboden. Du kannst nicht verkauft haben, weil alle anderen verkauft haben und du der Letzte in der Reihe bist.« Als Willi hörte, wie böse sein Vater auf ihn war und ihn mit seinen drei vollständigen Vornamen ansprach, heulte er gleich los und flüchtete sich in die Arme seiner Mutter. »Ich habe wohl verkauft, nämlich an Kathi«, rief er schluchzend. »Dafür muss ich für sie nächste Woche die Spülmaschine ausräumen. Das ist viel mehr Arbeit.«
Vater Wiesel war entsetzt über die dreiste Unehrlichkeit seines jüngsten Sohnes. Er zog ein strenges

Gesicht und schimpfte entsprechend laut.»Willi, lüge uns nicht an. Du kannst nicht an Kathi verkauft haben, weil es Kathis Wochenaufgabe ist und sie diese aus irgendeinem Grund vorher an Fritz verkauft hat. Sie wird sich also kaum das Tischeindecken zurückgekauft haben.«
»Das hat sie wohl! Ich schwöre!«, schniefte Willi und hielt drei Finger in die Luft.
Plötzlich ging Maria ein Licht auf. Sie schaute ihren Mann an und lachte schallend.»So ein kleines Luder. Kauft von Willi ihre eigene Aufgabe zurück und glaubt zwei Fliegen mit einer Klappe zu schlagen. Auf die Weise hat sie sich für diese Woche des Tischeindeckens entledigt, weil sie ja vorher an Fritz verkauft hat, und wollte sich noch zusätzlich für nächste Woche das Ausräumen der Spülmaschine sparen. Allerdings hat sie wohl nicht bedacht, dass sich der Tisch nicht von alleine deckt und die ganze Geschichte dadurch spätestens heute Abend auffliegt.« Nun musste selbst Franz-Josef lachen.»Naja, von klein kann bei Kathi wohl nicht die Rede sein. Na warte nur, dafür muss sie in der nächsten Woche von jedem ihrer Geschwister deren Aufgabe für einen Tag übernehmen, selbstverständlich zusätzlich ihrer eigenen.«

Nachdem die mittlerweile kalt gewordenen Nudeln aufgewärmt und verzehrt waren, und auch Kathi sich kleinlaut zum Abendessen eingefunden hatte, räumte sie zwar unwillig, jedoch ohne zu murren, die Küche auf und wienerte diese blitzblank.

3. Kapitel

Maximilian Martin Markus zog die Bettdecke bis zur Nasenspitze hoch und jammerte herzzerreißend, als die Tür aufging und seine Mutter ins Zimmer kam. Maria schaute nach ihrem Sohn, nachdem er nicht zum Frühstück heruntergekommen war.

»Mama, ich kann nicht zur Schule gehen, ich habe furchtbare Kopfschmerzen.«

»Aber Max, du kannst nicht immer wegen deiner Kopfschmerzen dem Unterricht fernbleiben. Gerade jetzt ist es besonders wichtig, dass du keine Fehlstunden hast, wo ihr doch so viel neuen Stoff durchnehmt.«

»Mir geht es wirklich nicht gut. Lass mich bitte zu Hause bleiben. Nur heute noch!«

Maria schüttelte den Kopf. »So geht das nicht weiter. Deine ständigen Kopfschmerzen müssen ja irgendwo herkommen. Gleich heute Nachmittag gehst du zu Dr. Schulze und lässt dich gründlich untersuchen.«

Wie ein waidwundes Tier sah der Junge sie an. »Wenn es denn unbedingt sein muss«, maulte er, weil er einsah, dass er heute bei seiner Mutter nichts erreichen würde.

»Ja, es muss sein!«, erwiderte Maria und ging nach unten, um die Brotdosen der Kinder zu befüllen. Eigenartig, dachte sie, das geht nun bereits seit etlichen

Tagen so. Hoffentlich ist der Max nicht ernsthaft krank. Sie machte sich große Sorgen und beschloss, den Besuch ihres Sohnes in der Praxis von Dr. Schulze anzumelden.

Max stieg missmutig aus dem Bett, setzte seine Brille auf und verschwand im Bad. Gemächlich begann er mit der Morgentoilette. Willi trommelte erbarmungslos gegen die Tür. »Beeil dich, ich muss mal aufs Klo!«, schrie er so laut, dass man es im ganzen Stadtviertel hören konnte. Also blieb Max nichts anderes übrig, als aufzuschließen und seinen Bruder einzulassen. Im Schneckentempo stieg er anschließend die Stufen der Treppe hinunter.

Am Frühstückstisch ließ er sich ebenfalls ausgiebig Zeit und trödelte endlos herum, bis ihn seine Mutter energisch aus der Tür schob. »Denk bitte daran, dass du Dr. Schulze aufsuchst«, ermahnte sie ihn.

Unterwegs zur Schule schlich Max an den Häusern vorbei und spähte um jede Ecke, bevor er eilig über die Straße lief. Er besuchte die 4. Klasse der Grundschule, die nicht weit entfernt von seinem Elternhaus mitten im Ortskern lag. Beim letzten Klingelzeichen erreichte er den Schulhof und hastete die Treppe hinauf, damit er als Letzter noch geschwind in die Klasse huschen konnte, bevor der Unterricht begann. Dabei stieß er fast mit Frau Zimmer, seiner Klassenlehrerin, zusammen. »Max, jetzt wird es aber höchste Zeit. Du kommst auch schon jeden Morgen später. Was ist nur los mit dir?«

»Entschuldigung, Frau Zimmer, ich habe verschlafen. Kommt nicht mehr vor.« Aufatmend rutschte er auf seinen Stuhl.

Peter, der neben ihm saß, schob ihm einen kleinen Zettel zu. »Von Theo«, flüsterte der Mitschüler. Max faltete den Zettel auseinander und wurde blass. Ich erwische dich schon, stand in krakeliger Handschrift auf dem Papier geschrieben. Er spürte einen stechenden Blick im Nacken, obwohl zwischen ihm und Theo noch drei Tische standen. Frau Zimmer unterrichtete sein Lieblingsfach Mathe, aber er konnte sich mit keinem Gedanken auf die Zahlenreihen konzentrieren. In seinem Kopf drehte sich alles und vor seinem inneren Auge blitzte stakkatoartig der Satz »Ich erwische dich schon« immer wieder auf.

Nach einer Weile hörte er wie durch dichten Nebel seinen Namen. »Max …! Max!«

»Ja?«

»Max, die Reihe mit der 13 war Hausaufgabe, hast du nicht geübt?«

»Do … doch, Frau Zimmer, aber ich habe starke Kopfschmerzen«, stotterte er und wurde puterrot.

Seine Klassenlehrerin hob die Augenbrauen und betrachtete ihn stirnrunzelnd, sagte aber weiter nichts dazu. Sie nahm sich vor, bei nächster Gelegenheit mit der Mutter des Jungen zu reden.

In der Pause flitzte Max, so schnell er konnte, in den Toilettenraum und schloss sich ein. Dort wartete er den Beginn der nächsten Schulstunde ab. Ihm schlotterten vor Angst die Knie, aber er verhielt sich mucksmäuschenstill, als gegen die Tür gebollert wurde. Da jedoch nach geraumer Zeit alles ruhig blieb, wagte er sich hinaus. Abermals erreichte er das Klassenzimmer soeben noch zur nächsten Stunde, und nachdem der Unterricht zu Ende war, ließ er sich mit dem Einpacken seiner Bücher so lange Zeit, bis alle Klassenkameraden den Raum verlassen hatten.

Nur Frau Zimmer saß noch vorne an ihrem Pult und korrigierte die Hefte der Schüler. Sie schaute fragend auf. »Max, willst du nicht endlich nach Hause gehen? Ich bin jetzt gleich fertig und dann möchte ich den Klassenraum abschließen.«

Widerstrebend erhob sich der Junge und verließ zögernd das Schulgebäude. Vorsichtig blickte sich Max nach allen Seiten um. Er atmete erleichtert auf, weil niemand mehr zu sehen war, und überquerte flink den Schulhof.

Oh Mist, dachte er, als er an der nächsten Kreuzung um die Ecke bog und bereits von Weitem Theos grinsendes Gesicht sah.

»Was ist, hast du das Geld?«, fragte Theo und hielt ihn an der Jacke fest.

»Mensch Theo, ich hab dir doch gesagt, ich bekomme keinen Taschengeldvorschuss und meine Mutter gibt mir auch nichts mehr extra.«

»Das ist mir egal, wo du die Flöhe hernimmst. Wenn du morgen nichts dabei hast, gibt's was auf die Mütze.« Er versetzte Max einen brutalen Stoß, sodass die Brille des Jungen in hohem Bogen auf den Bürgersteig flog.

Hastig bückte sich Max danach und rannte davon. Völlig außer Atem erreichte er die Praxis des Arztes.

Im Wartezimmer war es proppenvoll. Max musste eine gute Stunde warten, bis er endlich aufgerufen wurde.

»Na Max, was kann ich für dich tun«, begrüßte ihn Dr. Schulze.

»Mir geht es gut«, erwiderte der Junge, »Mama hat mich hierher geschickt, wegen des bisschen Kopfwehs, das ich ab und zu habe.«

»Wann genau bekommst du denn die Schmerzen?«, fragte der Arzt, während er mit der Untersuchung begann. Mit einer kleinen Lampe leuchtete er ihm in die Augen, prüfte den Puls und hörte ihn gründlich ab. Er konnte absolut keinerlei Symptome für die sporadischen Kopfschmerzen bei seinem Patienten feststellen. Alles schien normal.

»Eigentlich nur morgens beim Wachwerden, jetzt geht es mir total prima!«, versicherte Max.

Komisch, dachte der Arzt, Frau Wiesel gehörte eher nicht zu den Müttern, die eine gewisse Hysterie entwickelten, sobald ihre Sprösslinge einen Pups von sich gaben.

»Dann zieh dich mal wieder an, es ist alles in Ordnung mit dir«, sagte Dr. Schulze, bei dem ein leichter Verdacht aufkam, wo die Kopfschmerzen herrührten.

Der Junge sprang erlöst von der Liege, zog sein Sweatshirt über und sauste davon.

Später rief Frau Wiesel bei Dr. Schulze an und erkundigte sich, was die Untersuchung bei Max ergeben hatte.

»Ich glaube, der Bursche hat die Faultierkrankheit«, scherzte der Hausarzt, der die Wiesel-Kinder seit der Geburt betreute. »Das sieht dem Max aber gar nicht ähnlich«, erwiderte sie, »er ist doch sonst immer so gerne in die Schule gegangen.«
»Der Junge ist kerngesund, vielleicht hat er ja Angst vor einer Klassenarbeit«, vermutete Dr. Schulze.
Das konnte sich Maria beim besten Willen nicht vorstellen. Ich muss wohl mal bei Frau Zimmer anrufen und nachfragen, ob in der Schule etwas vorgefallen ist, überlegte sie, als sie auflegte. Kurz entschlossen tippte sie die Nummer der Lehrerin ins Display. Die Klassenlehrerin konnte sich auch nicht erklären, was mit Max auf einmal los war. »Ich wollte ohnehin mit Ihnen sprechen, weil der Max in letzter Zeit sehr häufig zu spät gekommen ist und sich zudem recht eigenartig benimmt«, informierte sie die Mutter.

Maria hörte erstaunt zu. »Aber der Max verlässt morgens immer rechtzeitig das Haus, dafür sorge ich schon, bis auf die Male, an denen ich ihn wegen seines Kopfwehs daheim behalten habe. Was könnte denn nur der Grund für das Zuspätkommen sein?«, fragte sie.

»Vielleicht hängt das mit dem neuen Jungen in der Klasse zusammen, dem Theo. Die Familie ist erst kürzlich hierher zugezogen. Ich habe fast das Gefühl, als hätte der Max Angst vor ihm«, bemerkte Frau Zimmer.

Die besorgte Mutter ließ sich Namen und Adresse des Schülers geben und bedankte sich bei ihr.

Als Franz-Josef abends nach Hause kam, besprach Maria die Angelegenheit mit ihrem Mann und erklärte ihm die Situation.

»Aber, warum sollte denn unser Max vor diesem Theo Angst haben?«, wunderte sich Franz-Josef.

»Der Junge ist fast zwei Jahre älter als unser Max, weil er später eingeschult worden ist. Außerdem muss er die 4. Klasse wegen des Umzugs wiederholen. In seinem Heimatort war er schon in der 5. auf der Realschule gewesen. Obendrein scheint er ein großer kräftiger Kerl zu sein«, erwiderte seine Frau, um die Lage zu verdeutlichen.

»Na gut, ich werde morgen nach Büroschluss mal zu dieser Familie Krause gehen und mir den Burschen einmal genauer anschauen«, sagte der Hausherr.

Familie Krause wohnte in einem großen Haus mit mehreren Mietparteien. Die Klingelschilder waren zum Teil herausgerissen und die Wände mit Graffiti besprüht. Die Tür schloss nicht mehr richtig und hing halb geöffnet in den Angeln. Im Treppenhaus bot sich dem Auge auch kein besserer Anblick. Die Innenseiten des Aufzugs waren rundherum mit unschönen Kritzeleien beschmiert worden. Vertrauenerweckend sah dieses Haus gerade nicht aus. Franz-Josef wollte bereits umkehren. Aber dann entschied er sich, doch zu bleiben. Die Familie kann vielleicht gar nichts dafür, dass sie sich keine Wohnung in einem besseren Haus leisten konnte und hier einziehen musste.

Die Mieten sind in den vergangenen Monaten extrem angestiegen und das Leben wird immer teurer, dachte er seufzend. Entschlossen fuhr er in den siebten Stock hinauf und klingelte an der Wohnungstür. Frau Krause öffnete und sah den Besucher fragend an.

»Guten Abend, Frau Krause. Mein Name ist Wiesel. Mein Sohn Max geht mit Theo in dieselbe Klasse.« Theo kam gerade aus seinem Zimmer heraus und erschrak, als er hörte, wer an der Wohnungstür stand. Misstrauisch ging er gleich zum Angriff über. »Hat der Max etwa gepetzt?«

»Gepetzt? Nein! Was sollte der Max denn zu petzen haben? Der Max hat mich gebeten, da ich hier in der Gegend zu tun habe, bei dir hereinzuschauen und dich für morgen Nachmittag zu uns nach Hause einzuladen.« Franz-Josef hatte blitzschnell geschaltet.

Frau Krause freute sich sichtlich über diese Einladung. Durch die lang andauernde Arbeitslosigkeit ihres Mannes, der mehrfach versuchte woanders Fuß zu fassen, und die damit verbundenen Wohnortwechsel der Familie, hatte Theo keine Freundschaften aufbauen können. Auch jetzt machte sie sich große Sorgen über den mangelnden Kontakt ihres Sohnes zu seinen Klassenkameraden.

»Das ist aber nett vom Max. Natürlich kommt Theo gerne«, antwortete sie daher kurzerhand anstelle des Jungen.

»Gut«, sagte Herr Wiesel, »also dann bis morgen. Der Max freut sich auf dich.«

Zu Hause erzählte er seiner Frau von dem Besuch bei Familie Krause. »Wenn es irgendwelche Probleme zwischen den beiden Jungen gegeben hat, dann werden wir es ja morgen feststellen«, beruhigte er sie.

Am nächsten Nachmittag stand Theo bei Wiesels vor dem Haus.

»Max, geh bitte die Tür öffnen«, rief Maria aus der Küche.

»Ich geh´ ja schon.«

Als Max sah, wer draußen vor der Tür stand, wurde er schneeweiß im Gesicht. Das hatte ihm gerade noch gefehlt! Abrupt drehte er sich um und rannte die Treppe hinauf in sein Zimmer.

Frau Wiesel streckte den Kopf zur Küchentür hinaus. »Du bist sicher der Theo. Komm doch bitte herein. Max, du kommst sofort wieder herunter und begrüßt unseren Gast«, brüllte sie ihrem Sohn unmissverständlich hinterher.

Notgedrungen kam Max die Stufen herunter. Theo hielt ihm verlegen die Hand entgegen.

»Du hast einen voll krassen Alten ..., äh Vater, und alles andere sollten wir einfach vergessen«, erklärte der Junge grinsend mit einem Seitenblick auf Frau Wiesel. Nach geraumer Zeit öffnete sie leise die Zimmertür und sah die beiden Jungen, wie sie die Köpfe zusammensteckten und einträchtig miteinander spielten.

Beim Frühstück erkundigte sich Franz-Josef bei seiner Frau, wie der Besuch am vergangenen Nachmittag verlaufen war. Maria berichtete ihrem Mann von der wundersamen Genesung ihres Sohnes Max und wie gut sich die beiden Jungen verstanden hatten.

»Heute konnte Max gar nicht schnell genug in die Schule kommen. Er hat sogar sein Pausenbrot vergessen«, lachte sie und deutete auf eine blaue Brotdose. »Allerdings habe ich nicht herausfinden können, was zwischen den beiden vorgefallen ist.« Sie stand auf, um die Dose in den Kühlschrank zu legen. Es ist aber im Grunde genommen auch nicht mehr wichtig, entschied sie still für sich.

4. Kapitel

Am nächsten Tag fiel Maria ein, dass sich ihr Sohn Willi noch gar nicht geäußert hatte, was er sich zu seinem siebten Geburtstag wünschen würde, der im darauffolgenden Monat stattfand. Auf ihre Frage antwortete Willi: »Ich wünsche mir ein Tier.«
Willibald Walter Wienand war der jüngste Spross der Wiesels und obendrein ein Pfiffikus. In seinen Gedanken formten sich zahllose Ideen, auf welche Art und Weise man spannende Abenteuer erleben könnte, die er dann versuchte, zusammen mit seinen beiden Freunden Tim und Karli in die Tat umzusetzen, was nicht immer den Beifall seiner Eltern fand. Mit gezieltem Augenaufschlag und einem schelmischen Blick eroberte der Lausbub die Herzen seiner Umwelt im Sturm, sodass ihm niemand wirklich böse sein konnte. Außerdem liebte er Tiere über alles.

Maria glaubte, nicht richtig gehört zu haben. »Was wünschst du dir? Ein Tier?«, rief sie erschrocken. »Wir haben doch schon Herrn Faulpelz, Max und Moritz, Dick und Doof und Nageklein!«

Herr Faulpelz war Familie Wiesels Chow-Chow, ein chinesischer Spitz. Er sah aus wie ein Teddybär mit seinem schönen, üppigen Pelz und der heidelbeerfarbigen Zunge. Seinen Namen trug er zu Recht. Er war zu faul, um ein paar Schritte zu laufen. Entweder musste er getragen werden oder er ließ sich mit dem

Auto in den Wald fahren, um dort seinen „Geschäften" nachzugehen. Was dazu führte, dass sich Maria genötigt fühlte, den dreißig Kilo schweren Wollknäuel aus dem hinteren Teil des Wagens herauszuwuchten, um ihn auf die Wiese am Waldrand zu setzen. Mit einer stoischen Ruhe verrichtete er, was er zu verrichten hatte. Anschließend sprang er unter Nichtbeachtung seiner Begleiterin auf die Ladefläche und ließ sich zurück nach Hause kutschieren.

Dann waren da noch die beiden Kanarienvögel Max und Moritz, die zwei Meerschweinchen Dick und Doof sowie Nageklein, der Hamster. Abgesehen davon, dass die Kleintiere leichter zu handhaben waren als der Spitz, ließen sie ihre Hinterlassenschaft oft genug auf Teppich, Sofa oder Küchentisch fallen, weil eins der Kinder mal wieder die Käfigtüren offen gelassen hatte. Damit nicht genug kam ein nicht zu überhörender Geräuschpegel der Vögel hinzu, welcher sich durchaus mit dem des Hamsters messen ließ, denn besonders Nageklein schien der Auffassung zu sein, dass es nachts entschieden zu ruhig im Haus war, und drehte Runde um Runde in seinem Laufrad. Um den Hamster bei seiner Tätigkeit tatkräftig zu unterstützen, beschlossen allem Anschein nach die ansonsten tagaktiven Meerschweinchen, diesen mit lauten quiekenden Geräuschen anzufeuern. Damit jedoch die nächtliche Ruhephase der zweibeinigen Mitbewohner gewährleistet war, mussten Abend für Abend in den Kinderzimmern alle Käfige eingesammelt und nach unten gebracht werden. Was natürlich an Maria hängenblieb, weil die Kinder es regelmäßig vergaßen.

Und ihr Sohn Willi wünschte sich zum Geburtstag ein Tier. Alles in allem war nach Marias Auffassung sowohl das Haus als auch die Familie mit Lebewesen jedweder Art ausreichend versorgt.

»Sieh mal Willi, es gibt doch so tolle Sachen, die sich ein Junge in deinem Alter wünschen kann. Ich denke da zum Beispiel an ein größeres Fahrrad, an Skater oder eine Eisenbahn«, versuchte Maria ihren Sohn zu überzeugen. »Warum muss es denn ausgerechnet ein Tier sein, wo wir doch bereits so viele Tiere haben?«
Willi stellte sich in Positur, stampfte mit dem Fuß auf und verzog seine Gesichtsmuskulatur. »Ich will aber ein Tier haben, das mir ganz allein gehört. Ich möchte es füttern und lieb haben können. Mit Herrn Faulpelz kann man nicht richtig spielen, weil er keine Lust dazu hat, Max und Moritz gehören Kathi und mit Dick und Doof und Nageklein kann man ja auch nichts Gescheites anfangen«, leitete er sein Heulkonzert kunstgerecht ein.

Maria war verzweifelt. Ihr fielen keine Argumente mehr ein, die gegen ein weiteres Familienmitglied sprachen. Also blieb ihr gar nichts anderes übrig, als Willi mit Strenge und einem konsequenten – Nein – von seiner Idee abzubringen.

Der Junge holte tief Luft und versuchte erneut Maria umzustimmen. Das Aufheulen seiner Stimme war zwar schrecklich anzuhören und für eine Mutter schier unerträglich, musste aber, zum Wohle der übrigen Familie und besonders dem ihrigen, in Kauf genommen werden.

Ausgerechnet ein Tier! Wo sollte das nur hinführen? Schließlich konnten sie doch keinen kompletten Zoo im Hause beherbergen. Wer musste sich denn immer mit Herrn Faulpelz abschleppen? Wer machte die Käfige von den Kanarienvögeln, den Meerschweinchen und dem Hamster sauber, zusätzlich zu aller übrigen Hausarbeit? Sie war es doch, die diese Arbeiten verrichtete und nicht einmal Dank, weder von Mensch noch Tier, dafür ernten durfte. Denn zumindest Herr Faulpelz vertrat vermutlich die Meinung, dass seine uneingeschränkte Aufmerksamkeit ausschließlich Franz-Josef als Hausherrn gebührte. Sobald sich an der Tür etwas regte, bewegte der Chow-Chow träge seinen Kopf und nahm die Witterung auf. War das Ergebnis zufriedenstellend, erhob er sich gnädig von seinem Platz und ging dem Familienvorstand schweifwedelnd entgegen, während er sich sonst mit Todesverachtung von Maria tragen ließ.

Willi sah ein, dass er allein mit Geschrei nichts erreichen würde. Offenbar war es gegenwärtig völlig aussichtslos, weitere Energien zu verschwenden. Sonst verstand er es meisterhaft, auf diese Art seinen Wünschen Durchsetzungskraft zu verleihen. Da aber seine Mutter heute anscheinend auf ihr Nervenkostüm keinerlei Rücksicht nehmen wollte, verschob er die heikle Angelegenheit auf einen späteren Zeitpunkt. Er nahm sich vor, die Eltern schweigend, aber dafür umso ausdauernder, auf seinen größten Wunsch hinzuweisen. Er fing unverzüglich an, sich einen regelrechten

Schlachtplan zu überlegen. Wenn seine Eltern, dachte er folgerichtig, ständig und überall daran erinnert würden, dass sein vollkommenes Glück von einer Katze, einem Hund oder sonst irgendeinem Tier abhing, welches nur ihm allein gehören sollte, dann konnten sie gar nicht so hartherzig sein und ihm diesen seinen größten Wunsch verweigern. Er musste es nur richtig anstellen, damit es klappen würde wie geplant.

Während der kommenden Wochen widmete sich Willi ganz und gar dieser schwierigen Aufgabe. Er arbeitete beharrlich an der Durchführung seines Plans und ließ sich davon durch nichts ablenken. Er hockte tagelang im Zimmer, kam nur zu den Mahlzeiten herunter oder um zur Schule zu gehen. Selbst Max hatte keine Ahnung, was sein Bruder im Zimmer der beiden Geheimnisvolles trieb. Wenn jemand hereinkam, schob er die Schreibtischunterlage über den Block, auf dem er gerade etwas schrieb und tat so, als würde er in seinen Schulheften lesen.

»Maria, was ist eigentlich mit unserem Willi los? Immer wenn ich ins Zimmer der Jungs schaue, sitzt er am Schreibtisch über seinen Heften gebeugt. Er wird doch wohl nicht plötzlich zu einem Musterschüler werden wollen?«, erkundigte sich Franz-Josef scherzhaft bei seiner Frau.

»Ich habe mir auch schon einige Gedanken darüber gemacht. Zumal er sich nicht mal mehr mit seinen Freunden zum Fußball trifft, aber vielleicht bastelt er an seinen Geburtstagseinladungen«, versuchte Maria sich selbst zu beruhigen.

Auf eine diesbezügliche Frage antwortete jedoch ihr Sohn eindeutig: »Ich möchte keinen Kindergeburtstag feiern. Ich wünsche mir nur ein Tier!«

Sie hatte ein schlechtes Gewissen und es nagten erhebliche Zweifel an ihr, ob es die richtige Entscheidung war, Willi rigoros ein eigenes Tier zu versagen.

Eine Woche vor Willis Geburtstag erschien Franz-Josef morgens halb angezogen in der Küche, in der einen Hand den Wäschekorb aus dem Badezimmer und in der anderen eine große, bunt beklebte Waschmitteltonne, die als Abfalleimer benutzt wurde. Beide quollen über von fein säuberlich beschriebenen Papierzetteln, zurechtgeschnitten etwa auf die Größe fingerbreiter, langer Streifen und eingerollt wie Luftschlangen.

»Maria, du glaubst nicht, wo ich diese Schnipsel überall gefunden habe!«, berichtete er und hielt ihr die Behälter hin.

Maria starrte entgeistert auf die Papieransammlung. Sie stand vor dem Küchentisch, auf dem sich ein Wust ebensolcher Zettel angehäuft hatte. Im Kühlschrank, im Schrank, im Kaffeepulver, im Zucker, in der Butterdose, ja selbst im Marmeladenglas, überall fanden sich diese Botschaften und auf allen war in Willis etwas krakeliger Schrift das Gleiche zu lesen:

Ich wüünsche mir ein Tiieer!

Noch Monate später – Willi hatte natürlich seinen sehnlichsten Wunsch erfüllt bekommen, übrigens ein allerliebstes Kätzchen, welches er Kater Schnurr nannte – tauchten immer wieder eingerollte Papierstreifen auf. Dann erklang aus irgendeiner Ecke des Hauses eine Stimme: »Mama, Willi wüünscht sich ein Tiieer.«

5. Kapitel

»Mommy, ich habe ein Date! Stell dir mal vor, der netteste Junge der ganzen Schule hat mich eingeladen und gefragt, ob ich mit ihm ins Cortina gehe.« Kathi stürzte zur Tür hinein, pfefferte ihre Schultasche in die nächste Ecke und nahm ihre Mutter in die Arme. Sie wirbelte mit ihr durch die Küche, als wären sie in einem Tanzsaal, sodass es Maria ganz schwindelig wurde. »Ich bin ja sooo happy! Das ist einfach nur geil! Alle Mädchen in meiner Klasse werden vor Neid platzen. Was ziehe ich bloß an?« So plötzlich, wie Kathi ihre Mutter herumgeschwenkt hatte, genauso plötzlich ließ sie diese auch wieder los.

Maria wäre fast zu Boden gestürzt. Sie schaffte es gerade noch im letzten Moment, sich an einem Küchenstuhl festzuhalten. Völlig außer Atem schüttelte sie den Kopf. Ob ich mich wohl jemals an die heutige Sprache der Kids gewöhnen werde?, zweifelte sie. In ihrer Jugend waren Ausdrücke wie „geil" undenkbar gewesen, zumal es damals einen ganz anderen Sinn ergab. Es galt als unfein und ordinär. Als sie das erste Mal von einem der Kinder dieses Wort hörte, war sie innerlich zusammengezuckt, aber mittlerweile konnte sie die verschiedenen Bedeutungen der einzelnen Begriffe erahnen. Anhand solch kleiner Merkmale wurde es ihr indessen schmerzlich bewusst, wie schnell sich doch das Leben drehte. Wie sehr wünschte sie die Zeiten zurück, als sich ihre Kinder noch in der sogenannten unschuldigen Babyphase befunden hatten. Zumindest bei ihren Töchtern ergriff sie streckenweise die Sehnsucht nach einem längeren Auslandsaufenthalt, wenigstens solange wie die Mädchen in der „Nichtwissen-wer-oder-was-bin-ich-Phase" verweilten. Die Teenager schwelgten abwechselnd pubertierend, mal himmelhoch jauchzend, mal zu Tode betrübt, in einer Welt, die Maria aus ihrer eigenen Jugend nur noch ganz schwach in Erinnerung hatte. Bei Josi war es schon schlimm genug, aber wegen des ruhigen Wesens der Älteren wurde die Allgemeinheit weniger in Mitleidenschaft gezogen. Jedoch bei Kathi war es kaum auszuhalten. Kathi besaß das Temperament eines Orkans bei Stärke acht. Sie lief nicht, sie stürmte nur durchs Haus. Sie redete nicht, sie sprudelte wie ein Wasserfall und selbst, wenn sie schlief, war irgendetwas an ihr in Bewegung. Im Unterschied zu Josi steckte sie voller Energie, wie eine Bombe in der Lage jeden Augenblick hochzugehen.

Maria erinnerte sich, wie oft sie früher mit Kathi vorzeitig vom Spielplatz nach Hause gehen musste, weil diese sich schreiend auf die Erde geworfen hatte, wenn ihr irgendetwas nicht passte. Abgesehen davon, dass sich die anderen Mütter pikiert abwendeten, zeigte sich Kathi über die Androhung von Konsequenzen kein bisschen beeindruckt. Nach mehrmaligen Ermahnungen blieb der Mutter nichts anderes übrig, als den angenehmen Sonnenplatz auf der Bank zu verlassen. Den ganzen Weg bis nach Hause lief die Kleine heulend und mit dem Finger auf sie zeigend hinter ihr her. Um seinen Willen durchzusetzen, hatte das Kind es sogar einmal fertiggebracht, sich weinend einer Spaziergängerin in die Arme zu stürzen und laut schluchzend um Beistand zu flehen.»Hilfe, helfen Sie mir. Das ist nicht meine Mutter, das ist eine fremde Frau, die mich entführen will.« Frau Wiesel wurde nach wie vor dunkelrot im Gesicht, wenn sie an diese peinliche Situation zurückdachte. Zum Glück schien die Frau nicht ernsthaft an eine Entführung zu glauben. Trotzdem spürte Maria immer noch die vorwurfsvollen Blicke wie Nadelstiche auf ihrem Rücken, als sie die schreiende, um sich tretende Kathi gepackt hatte und unter vielen gestammelten Entschuldigungen fluchtartig den Ort des Geschehens verließ. Aber das alles war gar nichts im Vergleich zu heute. Seit etwa zwei Jahren war der Teenager wie ein brodelnder Vulkan, der ständig zu explodieren drohte. Jeder Pickel, den Kathi morgens entdeckte, jede noch so kleine Unebenheit des ansonsten absolut makellosen Gesichts konnte bei dem Mädchen einen glühenden Lavastrom widerstreitender Gefühle auslösen, welcher sich dann von oben aus dem Badezimmer die Treppe hinunter bis in die Küche ergoss. Maria sehnte den Zeitpunkt herbei, an dem die häufigen lautstarken Heultiraden ein Ende fanden.

»Kathi, kannst du nicht ein einziges Mal ohne großes Getöse ganz normal zur Tür hereinkommen und ...«, aber Kathi hörte die letzten Worte schon nicht mehr. Sie stand bereits oben in ihrem Zimmer, riss die Türen des Kleiderschrankes auf und zerrte ein Kleid nach dem anderen, eine Hose nach der anderen und einen Pulli nach dem anderen heraus. Nach kurzen, kritischen Blicken auf das jeweilige Kleidungsstück, schmiss sie es auf den Boden.

Weil sie nichts zu ihrer Zufriedenheit gefunden hatte, versuchte sie umgehend ihr Glück nebenan in Josis Zimmer, um dort das gleiche Chaos zu veranstalten. Obwohl es eher unwahrscheinlich war, dass sie etwas Passendes für ihre Größe fand, gesellte sich ein Teil nach dem anderen auf dieselbe Art und Weise zu den übrigen auf dem Fußboden. Endlich schien ihre Suche erfolgreich zu sein. Aufatmend zog sie Josis nagelneuen roten Pulli aus dem Schrankfach und hielt ihn sich vor die Brust, während sie ihr Spiegelbild betrachtete.

Wenn ich dazu meine neuen Jeans anziehe und mich mit dem tollsten Jungen aller Zeiten im Cortina treffe, werden die Girls grün vor Neid, dachte sie euphorisch.

Robbi war ein Jungmädchenidol schlechthin und die Mädchen umschwärmten ihn, wie die Motten das Licht. Ein Date mit ihm bedeutete für die Auserwählte nicht nur bedingungslose Anerkennung bei den Mädels, sondern auch neidvolle Aufmerksamkeit in höchstem Maße. In beidem wollte Kathi schwelgen, solange es irgendwie möglich war. Jetzt musste sie es nur noch so einrichten, dass ihr Date auch von allen anderen bemerkt wurde. Allerdings hatte sie keinen blassen Schimmer, wie sie das bewerkstelligen sollte. Sie konnte es schlecht öffentlich im Internet posten. Das wäre zu peinlich, wenn Robbi die Nachricht lesen würde und da er zu ihren Social Media Freunden gehörte, würde er es auf jeden Fall mitbekommen. Da kam ihr plötzlich die rettende Idee. Vielleicht konnten ja die Jungen helfen, die ihr sowieso noch einen Gefallen schuldig waren. Sie musste es nur geschickt genug anstellen, damit die keine Lunte rochen, sonst wäre ihr Plan gefährdet. Am besten würde sich Willi dafür eignen, überlegte sie.

Flink raffte sie wahllos die Kleiderhaufen auf, stopfte diese ebenso wahllos in die jeweiligen Schränke zurück und begab sich auf die Suche nach ihrem Bruder.

Nach längerem Durchforsten von Willis Lieblingsplätzen, fand Kathi ihn schließlich im Garten. Er fühlte sich gänzlich unbeobachtet und unterhielt sich wortgewandt mit seinem Kater.»Spring, du Blödmann, spring doch schon. Wenn du berühmt werden willst, musst du wenigstens durch einen Reifen springen können. Deine Verwandten machen das sogar, wenn der Reifen brennt.« Kater Schnurr saß mit schief gelegtem Kopf vor Willi, der einen Hula-Hup-Reifen in der Hand schwenkte, und maunzte verständnislos.»Du bist aber auch zu dämlich, die lachen mich ja im Zirkus aus, wenn ich mit dir dort ankomme.« Nun wurde es Schnurr aber doch zu bunt. Was bildete sich dieser Rotschopf eigentlich ein, ihn dermaßen zu beleidigen? Demonstrativ drehte sich der Kater um, streckte seinen Schwanz in die Höhe und stiefelte majestätisch davon.

Kathi musste schallend lachen, als sie Willi derart abgeblitzt dastehen sah. Er schaute so bedröppelt drein, als hätte ihm jemand die Wurst vom Brot stibitzt.»He, Willi, was ist los?«

»Ach dieser doofe Kater, wir könnten richtig reich werden und Millionärs sein, wenn der Blödmann mal

was kapieren würde. Aber der ist strohdumm und einfach nicht für die Manege zu gebrauchen.«
»Das heißt Millionäre«, berichtigte sie ihren Bruder.
»Ja, Millionärs, sag ich doch die ganze Zeit«, erwiderte der Junge.
»Es sieht eher danach aus, als hätte der Kater dich dumm dastehen lassen.« Kathi wandte sich bereits zum Gehen, als ihr einfiel, weshalb sie Willi überhaupt gesucht hatte. Ganz nebenbei bemerkte sie: »Übrigens Willi, ich bin heute Nachmittag mit Robbi im Cortina verabredet. Wage dich ja nicht mit deiner Meute dort aufzutauchen, um mich zu blamieren.«
Das hatte gesessen. Jetzt konnte sie sicher sein, dass es in einer Stunde Willis bester Freund Tim wusste und wenn Tim es wusste, würde es garantiert eine weitere Stunde später Tims Schwester Gloria wissen und bis zum Nachmittag dann die ganze Stadt. Gloria war bekannt dafür, Neuigkeiten in Windeseile im Netz zu verbreiten.

Eine halbe Stunde vor ihrer Verabredung saß Kathi im Cortina und wartete gespannt auf ihren Schwarm. Sie hatte bewusst einen Tisch gewählt, der von allen anderen Tischen aus gut zu sehen war. Cortina war ein italienisches Café, das im Sommer die leckersten Eissorten und im Winter süße Waffeln mit heißen Kirschen anbot. Deshalb war es für die Jugendlichen des Ortes das ganze Jahr über ein beliebter Treffpunkt.
Hoffentlich merkt Mommy nicht, dass ich mich an ihrer Schminke vergriffen habe, schoss es dem Mädchen kurz durch den Kopf.

Das Eiscafé füllte sich zusehends und alle Tische waren mit halbwüchsigen Teenagern besetzt, die hinter vorgehaltener Hand tuschelten oder sich vielsagende Blicke zuwarfen.

Enrico, der Inhaber des Cortinas, schaute verwunder auf den Kalender hinter der Theke. Aber der zeigte noch nicht den Ersten im Monat an. Deshalb erstaunte es den Sizilianer etwas, dass die Teenies noch so gut bei Kasse waren. Erfahrungsgemäß war deren Taschengeld zum Monatsende mehr als verbraucht, weswegen sie es sich eigentlich gar nicht leisten konnten, an einem stinknormalen Mittwochnachmittag bei ihm herumzulungern.

Kathi nippte an dem Becher mit Kakao und tat so, als bemerke sie die anderen nicht. Betont lässig schlug sie ihre Beine übereinander. Das hatte sie neulich im Kino gesehen. Sie blätterte in der Jugendzeitschrift »Für Euch«, die allerdings verkehrt herum vor ihr auf dem Tisch lag.

Eine knisternde Spannung breitete sich im Raum aus. Man konnte die große Wanduhr ticken hören, die Enrico voriges Jahr aus Italien mitgebracht hatte und die sein ganzer Stolz war. Er hatte das Prunkstück in einem großen Karton gut verpackt, in Decken eingeschlagen und zusätzlich mit dem Gurt fixiert, auf dem Rücksitz seines kleinen Fiats transportiert. Zu jeder vollen Stunde spielte eine Spieluhr die ersten Töne eines Liedes aus seiner Heimatstadt Palermo ab. Enrico hielt dann kurz inne und lauschte ganz verzückt der Melodie. Das half ihm ein wenig gegen sein Heimweh.

Die Mädchen starrten wie gebannt zu den Zeigern der Uhr, welche unaufhaltsam Minute um Minute weiterrückten. Pünktlich um 17:00 Uhr erklang der „Engel in Palermo", die Tür des Eiscafés ging auf und da stand ... ER! Er war der absolute Knaller! Ein Supermann, Typ schlaflose Teenieträume! Peppige Frisur, blaue Augen, lange dunkle Wimpern! Durchgestylt wie aus einem Glanz-Magazin entstiegen und trotzdem mit einer unnachahmlichen Lässigkeit sah er sich suchend um. Zwischen den Zähnen ... nein natürlich nicht, sondern selbstverständlich in der Hand eine langstielige rote Rose steuerte er auf Kathis Tisch zu.

Kathi sprang von ihrem Platz auf und säuselte entzückt: »Oh, Robbi!« Nach Beifall heischend ließ sie ihren Blick in die Runde schweifen. Sie genoss die allgemeine Aufmerksamkeit in vollen Zügen. Die Augen der Mädchen hingen wie Kletten an Kathi und Robbi. Das war doch mal was in ihrem langweiligen Schülerdasein. Das ergab Gesprächsstoff für mindestens eine Woche.

Robbi stutzte und merkte in der gleichen Sekunde, dass irgendetwas nicht stimmte. Er blickte ausschließlich in schmachtende Mädchengesichter. Kathis unnatürliches Gehabe, ihre auffällig rot geschminkten Lippen gepaart mit einem Schnurrbart aus Trinkschokolade – obendrein hatte sie wohl vergessen, ihre Zahnspange herauszunehmen – ließen ihn plötzlich erkennen, dass diese Verabredung eher einer öffentlichen Belustigung gleichkam, als einem ersten heimlichen Date. Das ganze Drumherum glich einer Show, in der er wohl wie ein dressiertes Kirmespferd präsentiert werden sollte.

Kathi wartete mit theatralisch erhobenen Armen, um die Rose ihres Kavaliers entgegenzunehmen. Sie fühlte sich wie Kate Winslet in Kathis Lieblingsfilm Titanic und hoffte darauf, dass Leonardo ... nein Robbi sich mit ihr am Bug des Schiffes an die Reling stellen würde, um ihr das weite Meer zu zeigen. Sie bedauerte in diesem Moment, dass kein Fotograf des Teenie-Magazins „Für Euch" anwesend war, um diese großartige Szene für immer und ewig auf Fotopapier zu bannen. Dafür klickten nicht wenige Smartphones, um die Bilder zeitnah auf der Plattform im Internet zu posten.

Robbi kam näher und näher und ..., ging an ihren leicht zu einem Kuss gespitzten Lippen vorüber, ohne sie auch nur eines einzigen Blickes zu würdigen. An Glorias Tisch machte er kurz halt, überreichte dieser mit einer galanten Verbeugung die Rose, drehte sich um und spazierte hoch erhobenen Hauptes zur Tür hinaus.

Was dann geschah, war kaum zu beschreiben. Zuerst unheimliche Stille, dann berstendes Gelächter, in dieses Gelächter hinein Kathis wutentbrannter Aufschrei. Sie war einer Ohnmacht nahe. Es war einfach nicht zu glauben. Da wagte es doch tatsächlich dieser hässliche pickelnarbige Gartenzwerg, denn plötzlich war es nicht mehr der coolste Junge unter der Sonne, sie vor ihren Klassenkameradinnen lächerlich zu machen. Das durfte ja wohl nicht wahr sein. Was bildete der sich eigentlich ein?

Kathi stürmte aus dem Eiscafé und lief blind vor Tränen nach Hause, um sich an der Schulter ihrer Mutter auszuweinen. Wofür sind Mütter denn schließlich da. »Mommy, Mommy, Robbi ist so ein Mistkerl. Ich bin bis ans Ende meines Lebens blamiert. Ich kann mich nie mehr in der Schule sehen lassen. Die ganze Stadt lacht über mich. Und ausgerechnet dieser Zicke Gloria hat er die Rose geschenkt, die für mich bestimmt war.« Es kam ihr gar nicht erst in den Sinn, dass sie selber vielleicht einen Fehler begangen haben könnte, als sie Willi dazu benutzte, um ihre Verabredung möglichst flächendeckend zu verbreiten. Stockend erzählte sie ihrer Mutter davon.

Maria nahm das schluchzende Etwas in die Arme und hörte geduldig dem weinenden Mädchen zu. Nachdem sie die Tränen auf Kathis Gesicht getrocknet hatte, versuchte sie ihrer Tochter behutsam von Frau zu Frau zu erklären, dass deren eigenes Verhalten Robbi gegenüber nicht gerade taktvoll gewesen war und es wohl in dieser Hinsicht einer Entschuldigung bedürfe. »Sieh mal, Liebes, kein Junge mag es, wenn beim ersten Treffen mit einem Mädchen die Freundinnen anwesend sind. Als du dafür gesorgt hast, dass alle darüber informiert waren, hast du letztendlich selbst dieses peinliche Szenario heraufbeschworen«, sagte Maria. »Dabei ist doch ganz klar, dass Robbi sich veräppelt gefühlt haben muss, wenn du ihn wie im Zirkus vorführst. Und in Bezug auf die Mädels würde ich einfach vor sie hintreten und ihnen die Wahrheit erklären. Sag ihnen frank und frei – da habe ich wohl einen schönen Mist fabriziert – und du wirst sehen, dass du ihnen damit den Wind aus den Segeln nimmst.«

Sofort strahlte Kathi wieder über das ganze Gesicht. »Mommy, du bist einmalig und danke für den Tipp!«, rief sie und lachte über ihre eigene Dummheit. So gesehen musste sie ihrer Mutter recht geben, dabei fiel ihr die Situation mit Willi und seinem Kater ein. Selbst Tiere mochten es nicht, wenn sie gegen ihren Willen zur Schau gestellt werden sollten.

Ungestüm umarmte sie Maria und stürmte die Treppe hinauf. Frau Wiesel seufzte, ja das war typisch Kathi, mal himmelhoch jauchzend, mal zu Tode betrübt.

6. Kapitel

Die ersten warmen Sonnenstrahlen ließen Maria hoffen, dass der Frühling nicht mehr weit war und die ewig tropfenden Nasen am Esstisch bald ein Ende hatten. Während der langen Wintermonate hustete oder schniefte ständig eines ihrer Kinder, und wenn es ganz dicke kam, sogar alle zusammen. Zudem war sie es leid, literweise warme Milch mit Honig zuzubereiten. Langsam aber sicher verringerte sich ein wenig der Taschentuchverbrauch. Maria atmete sichtlich erleichtert auf, als keine Papiertücher mehr auf der Einkaufsliste standen oder in der Waschmaschine für weiße Farbtupfer auf möglichst dunkler Bekleidung sorgten, weil die soften Tücher noch in den Taschen der Kinderjeans gesteckt hatten und beim Waschvorgang zerbröselten. Selbst die Besuche von Dr. Schulze, der mindestens ein- bis zweimal pro Monat bei den Wiesels zu Gast gewesen war, wurden immer seltener, bis sie schließlich ganz aufhörten. Die Hausfrau konnte nun endlich ihr Augenmerk auf den alljährlichen Rundumschlag in Haus und Garten richten.

Rundumschlag bedeutete in einem Haus auf zwei Etagen mit sieben Zimmern, zwei Bädern, Küche, Dachboden und Keller, dass längst verloren geglaubte Dinge, besonders unter den Betten der Kinderzimmer auftauchten und von Maria wieder an ihren ursprünglichen Platz befördert wurden. Zum Erstaunen, manchmal auch zur Begeisterung aller übrigen Familienmitglieder fanden sich fehlende Socken, Zahnspangen, klebrige Schokoladen-Nikoläuse und Ähnliches sowie schmerzlich vermisste Kuscheltiere auf diese Weise wieder ein. Im Garten hieß das Gleiche: Ein schmerzender Rücken vom Jäten, nachdem sie die ersten zarten Schneeglöckchen vom Unkraut befreit hatte, und in die Finger eingewachsene Dornen vom Hochbinden der Rosenstöcke. Trotz aller Mühsal bereitete ihr jedoch die Arbeit in der Natur die meiste Freude. Wenn die Knospen an den Sträuchern erahnen ließen, in welcher Farbenpracht diese in nicht allzu langer Zeit den Steinweg zum hinteren Teil des Grundstücks zieren würden, ging ihr das Herz auf. Nachdem das liegen gebliebene Laub vorsichtig weggerecht war und die Vielfarbigkeit der Krokusse, die in Tupfen auf der Wiese blühten, erstmalig sichtbar wurde, ergriff sie jedes Mal ein unbeschreibliches Glücksgefühl. Sie war stets aufs Neue überwältigt, welch verschiedene Farben aus den Zwiebeln, die sie im Herbst in die Erde gesteckt hatte, hervorkamen. Von dem satten Grün des Rasens hoben sich die bunten Kreise leuchtend ab und ergaben ein wunderschönes Bild.

An diesem Morgen sollte aber zuerst einmal das Tafelsilber geputzt werden. Dieses Tafelsilber war ein vollständiges Silberbesteck für 18 Personen, welches Maria von ihren Großeltern geerbt hatte und auf das sie besonders stolz war. Es wurde nur zu ganz besonderen Gelegenheiten benutzt. Entweder wenn große Familienfeste anstanden oder zu Ostern und Weihnachten musste vorher Stück für Stück das Silber geputzt werden, damit der Tisch für jeden eine Augenweide darstellte. Und da am nächsten Tag die Schulferien begannen und Ostern unmittelbar bevorstand, wollte sie vorbereitet sein. Sie legte ein großes Tuch auf den Esszimmertisch im Wohnzimmer und zog die Schublade auf, in der das Besteck lag. Mit beiden Händen nahm sie alles heraus, breitete die Teile vor sich aus und begann mit der Arbeit. Dabei ließ sie ihren Gedanken freien Lauf, welche sich ausschließlich um ihre Familie und die Kinder drehten. Im Wesentlichen können wir doch recht froh sein, überlegte sie angesichts der Tatsache, dass sich die Kinder prächtig entwickelten. Obwohl so eine große Familie viel Arbeit mit sich brachte, würde sie auf keinen Fall auch nur einen Tag ohne die Rangen sein wollen. Naja, den einen oder anderen Tag vielleicht doch.

Maria schaute auf die Uhr und erschrak. Oje, schon wieder so spät. Nun musste sie sich aber sputen, um das Mittagessen zuzubereiten. Wenn die Kinder aus der Schule kamen, waren sie derart ausgehungert, dass sie nicht einmal eine kurze Zeit erübrigen konnten, um die Rucksäcke in ihre Zimmer zu bringen. Maria musste auf dem Weg von der Küche ins Esszimmer im Zickzack über Rücksäcke, Turnschuhe und Jacken steigen, währenddessen die Jungen bereits am Tisch saßen. Später fehlte es ihnen dann an der nötigen Motivation, sodass alles erst einmal in die Garderobenecke befördert wurde, aber nicht etwa ordentlich an die Haken gehangen, sondern mit dem Fuß auf einen

Haufen geschoben, bis ihr endgültig der Kragen platzte und sie ihre Wut geräuschvoll kundtat. An dieser Stelle hatte sie wiederholt festgestellt, dass sowohl das Erinnerungs- als auch das Hörvermögen besonders bei den Jungen recht mangelhaft ausgeprägt war. Aber auch die Mädchen vergaßen regelmäßig, ihre Sachen mit nach oben zu nehmen.

Sie legte kurz entschlossen die Besteckteile in die Schublade zurück und zählte dabei gewohnheitsmäßig die einzelnen Teile durch, ob sie auch keins vergessen hatte. Komisch, dachte sie, es fehlen ein paar Messer, Gabeln und Löffel. Auch diverse andere Dinge im Haushalt hatte sie in den letzten Tagen vermisst. Diese Sache kam ihr recht eigenartig vor, denn sie ging nicht davon aus, dass sie die fehlenden Teile beim Hausputz in einem der Kinderzimmer finden würde. Ich werde mich wohl verzählt haben, wischte sie die Gedanken auf später verschiebend beiseite.

In der Küche stellte sie einen Topf mit Nudelwasser auf den Herd und begann die Tomaten für die Soße zu vierteln. Dabei fiel ihr auf, dass ihr Sohn Willi noch nicht zu Hause war. Er hätte schon lange vor den anderen da sein müssen. Wo mag sich der Lausbub nur wieder rumtreiben, grübelte sie, als es stürmisch an der Haustüre klingelte. Herr Faulpelz bellte laut, so als wollte er damit seiner Verwunderung darüber Ausdruck verleihen, dass es solch unzivilisierte Menschen gab, die es wagten, ihn in seiner mittäglichen Ruhe zu stören. Beleidigt erhob er sich von seinem Platz und trottete nach oben in ein Zimmer der Jungen, um noch ein wenig seine Ruhe zu haben.

»Maria, ich muss unbedingt mit dir reden.« Frau Schneider stand aufgelöst vor der Tür. In der Hand hielt sie einige Teile von Frau Wiesels Silberbesteck.

»Was ist denn los? Komm doch erst mal herein, und wenn es dir nichts ausmacht, mit in die Küche. Ich bin etwas in Eile und muss das Essen für die Kinder vorbereiten.«

Die Hausfrau war schon auf dem Weg zurück an den Herd, als Frau Schneider nach Luft ringend hinter ihr herlief.

»Schau dir das hier an. Was glaubst du, wo ich das wohl herhabe? Ich war zufällig in der Stadt und dabei ist mir dies in die Hände gefallen.«

»Möchtest du einen Kaffee?« Maria nahm automatisch einen Becher vom Küchenregal und stellte diesen unter die Kaffeemaschine. Ohne weiterhin die Besucherin zu beachten, wandte sie sich ihren Töpfen zu.

»Sag mal, Maria, hörst du mir eigentlich überhaupt nicht zu?«, fragte Frau Schneider verärgert.

Erstaunt drehte sich Maria um und blickte der aufgeregten Freundin zuerst ins Gesicht, dann auf deren Hände. Frau Schneiders Wangen waren mit hektischen Flecken übersät, während sie unablässig mit den Besteckteilen herumwedelte.

»Konntest du mir nicht sagen, dass es euch finanziell so schlecht geht, dass ihr sogar schon eure Kinder zum Markt schicken müsst, um den Hausrat zu verkaufen. Schließlich sind wir eure besten Freunde und hätten euch sicherlich geholfen.«

»Wie kommst du darauf und woher hast du mein Silberbesteck? Gerade eben habe ich mich noch darüber gewundert, weil mir ein paar Teile davon fehlen«, bemerkte Maria überrascht. »Ich bin davon ausgegangen, dass ich in der Eile nicht richtig gezählt habe.«

»Das sage ich doch gerade. Ich habe diese Besteckteile von eurem Willi auf dem Markt gekauft und es war ihm sichtlich unangenehm, als er mich sah. Ich musste dem armen kleinen Kerl versprechen, dass ich dir kein Wort davon erzähle. Also wirklich, Maria, ich finde, du hättest mit deinen Problemen ruhig zu uns kommen können.«

Als Maria so langsam begriff, wovon ihre Freundin überhaupt redete, ließ sie sich auf einen in der Nähe stehenden Stuhl fallen. Sie war fassungslos und dachte, jeden Augenblick würde sie der Schlag treffen. Die ganze Angelegenheit war aber auch zu peinlich und Frau Schneider nahm wohl offensichtlich ernsthaft an, dass Maria ihren Sohn mit dem Familiensilber auf den Markt geschickt hatte, um dieses dort zu verkaufen. Ihr verschlug es buchstäblich die Sprache.

»Wie kommt der Junge bloß auf solche Ideen, das Silberbesteck verkaufen zu wollen? Was hat er sich nur dabei gedacht?«, stammelte sie entsetzt.

Stockend und nach Worten ringend versuchte sie ihrer Freundin zu erklären, dass sie absolut nichts von Willis Verkäufen gewusst hatte.

»Das werde ich nachher gleich mal klären, wenn Willi nach Hause kommt.«

Sie gab Frau Schneider das Geld, welches diese für das Besteck bei Willi gezahlt hatte und brachte ihre Freundin noch zur Tür.

»Na Willi, hast du heute auf dem Markt auch gut verkauft?«, empfing Maria ihren Sohn, als er endlich nach Hause kam.

»Ja, ich habe ... menno, Schei ... so ein Mist!«

Willi wurde puterrot, drehte sich auf dem Absatz um und wollte schnellstens aus der Reichweite seiner Mutter entschwinden. Er hatte jedoch nicht mit Herrn Faulpelz gerechnet, der sich wieder auf seinen Lieblingsplatz neben die Haustüre gelegt hatte und gar nicht daran dachte, zur Seite zu gehen. So landete der Flüchtende auf allen Vieren neben Herrn Faulpelz auf dem Fußboden. Über das unvorhergesehene Hindernis erschrocken, versuchte er sich hochzurappeln. Wiederum stolperte er über die großen Tatzen des Hundes, weil der stur liegen geblieben war, um den angestammten Platz mit aller Macht zu verteidigen. Am Ende seiner Flucht angekommen, blieb der Junge sitzen, vor sich das nicht gerade freundliche Gesicht seiner Mutter.

»Willi, was hast du dir denn nur dabei gedacht, dich auf den Markt zu stellen und Dinge aus unserem Hausrat einfach zu verkaufen?«

Schuldbewusst schielte Willi zu ihr hoch, während er sich das Knie rieb. Mit der freien Hand fummelte er aus seiner Hosentasche fünfzig Euro und hielt das Geld seiner Mutter hin. »Guck mal, wie viel ich verdient habe. Ich wollte dir doch nur helfen. Du hast doch selbst zu Papa gesagt, dass du am liebsten den ganzen Kram verkaufen würdest, um nicht mehr so viel Arbeit damit zu haben, und dass ihr das Geld für andere Sachen gut gebrauchen könntet.«

Verblüfft schaute Maria auf den Buben zu ihren Füßen. Der Junge saß mit zerschundenen Knien vor ihr und wartete zerknirscht auf ihre Reaktion. Trotz aller Peinlichkeit, die diese Aktion von Willi verursacht hatte, konnte sie ihm nicht mehr böse sein. Sie verdeutlichte ihm anhand eines Beispiels, dass man manchmal etwas sagt, ohne es wirklich ernst zu meinen. »Schau mal Willi, als du so richtig sauer auf Karli warst und du zu ihm gesagt hast, dass er nicht mehr dein Freund wäre, hast du es doch auch nicht wirklich so gemeint. Oder?«

»Nein!«, bestätigte er kleinlaut.

»Na siehst du, so verhält es sich auch mit unserem Besteck. Das ist noch von deinen Urgroßeltern. Obwohl die Putzerei des Silbers viel Arbeit macht, könnte ich mich davon nie trennen, weil es schon so lange in der Familie ist und mich immer an meine Großeltern erinnert«, erklärte sie ihm. Allerdings schickte Maria ihn umgehend zu Schneiders, um die ganze Angelegenheit sofort aufzuklären.

Vorher öffnete Willi reumütig seinen Rucksack und beförderte ein Salatsieb, zwei Schneidebretter und mehrere kleine Küchenutensilien zutage. »Diese Sachen wollte niemand haben«, empörte er sich. »Dabei sind die doch schön«, fügte er treuherzig hinzu, um seine Mutter noch ein wenig milder zu stimmen.

Nachdem dann endlich auch die turbulenten Ferientage zur Vergangenheit zählten, die Tafel am Osterfest mit dem vollständig wiedererlangten Silberbesteck eingedeckt gewesen war, und sich Tante Thea, die währenddessen zu Besuch weilte, in ihre eigene Wohnung zurückgezogen hatte, konzentrierten sich die Kinder vermehrt auf die Schule und versuchten noch schnell vor den Versetzungen im Sommer in dem einen oder anderen Fach die Kurve zu bekommen. Es kehrte eine ungewohnte Stille bei der Familie ein. Franz-Josef verlegte einen Großteil seiner Arbeitsstunden nach Hause und Maria räumte die Besucherliege aus dem Arbeitszimmer nach oben auf den Dachboden.

7. Kapitel

Verlegen hielt Max sein Heft in den Händen. Franz-Josef saß am Schreibtisch, als sein Sohn eintrat. Er mochte es überhaupt nicht, dass er gestört wurde, wenn er sich in sein Arbeitszimmer zurückgezogen hatte. Stirnrunzelnd blickte er von der Akte, die vor ihm lag auf und schaute Max entgegen.
»Kannst du das mal bitte unterschreiben?«, fragte der Junge.
»Was hast du denn da? Kann das nicht deine Mutter erledigen?«, entgegnete er unwillig.
»Mama hat mich damit zu dir geschickt«, erwiderte sein Sohn kleinlaut.

Das war bereits das zweite Mal, dass Maria den Max zu ihm schickte, um die Klassenarbeit zu unterschreiben. Er nahm sich vor, bei passender Gelegenheit mit seiner Frau darüber zu sprechen. Schließlich hatten sie eine klare Abmachung getroffen. Maria kümmerte sich um Haus, Garten und die Belange der Kinder, während er für den Broterwerb sorgte. Von irgendetwas mussten ja die Bedürfnisse der Familie erfüllt werden. Von nichts, kommt auch nichts, dachte er seufzend. Er stand unter zeitlichem Druck, da er noch einen Schriftsatz fertigen musste, der bis zum nächsten Tag bei Gericht eingereicht werden sollte.

»Dann zeig mal her«, sagte Franz-Josef und streckte seine Hand aus, um sich möglichst schnell wieder seinen Akten zu widmen. Ohne richtig hinzuschauen, nahm er den Kugelschreiber und setzte seinen Namen auf die Seite.
»Und nun schau, dass du wegkommst, ich habe noch zu arbeiten!«
Erleichtert nahm Max das Heft und stürmte die Treppe hinauf in sein Zimmer. Dort verstaute er es in seinem Schulranzen.

Am nächsten Tag zum Unterrichtsende sammelte seine Klassenlehrerin die Hefte ein und blickte kurz hinein, ob alle unterschrieben waren. »Sag mal, Max, wieso unterschreibt neuerdings dein Vater die Arbeiten?«, erkundigte sie sich bei ihrem Schüler.
»Meine Mutter hatte keine Zeit«, erwiderte Max kurz und trollte sich.
Frau Zimmer kam dies eigenartig vor. Ob das wohl mit den letzten beiden Noten von Max zusammenhing, überlegte sie. Im Verlauf der gesamten Grundschulzeit aller Wiesel-Kinder war es überwiegend Frau Wiesel gewesen, die sich um deren schulische Leistungen kümmerte. Sie unterschrieb normalerweise alle Arbeiten und Mitteilungen. Zudem engagierte sie sich stark bei Schulfesten und fuhr grundsätzlich auf Klassenfahrten mit, wenn eine zweite Begleitperson erforderlich war. Dafür bewunderte die Lehrerin die Mutter von fünf Kindern sehr. Selbst zu den Elternabenden kam Herr Wiesel ganz selten mit.

Nachdem alle den Klassenraum verlassen hatten, kramte sie in der Tasche nach ihrem Telefon und rief bei Wiesels an. »Hallo Frau Wiesel, kann ich Sie kurz sprechen?«

»Natürlich, was ist denn los. Geht es um das Abschlussfest der 4a? Ich bin gerne bereit, einen Kuchen zu backen.«

»Nein, dafür ist es noch etwas früh, aber es geht um Max«, sagte Frau Zimmer. »Eigentlich hätte ich nach den letzten beiden Mathematikarbeiten einen Besuch von Ihnen erwartet«, fuhr sie fort.

»Nach den letzten beiden Arbeiten ..., wie darf ich das verstehen?«

»Der Max hat zweimal hintereinander eine 4 minus geschrieben, was ich mir ehrlich gesagt bei ihm überhaupt nicht erklären kann«, äußerte Frau Zimmer besorgt. »Unter diesen Voraussetzungen weiß ich gar nicht, ob ich ihm überhaupt eine Empfehlung fürs Gymnasium aussprechen kann«, fügte sie noch hinzu.

»Aber das kann doch gar nicht sein!« Maria war entgeistert. »Der Max hat mir schon seit geraumer Zeit keine Klassenarbeit mehr vorgelegt. Ich bin davon ausgegangen, dass Sie damit durch wären. Und ausgerechnet Mathe, das ist doch sein Lieblingsfach.«

»Ja genau, deshalb rufe ich ja auch jetzt an. Ich habe mich schon gewundert, dass ihr Mann diese beiden Arbeiten unterschrieben hat. Der Max ist auf dem Weg nach Hause, vielleicht reden Sie mal mit ihm, warum seine Leistungen so nachgelassen haben«, verabschiedete sich die Lehrerin.

»Na, den Burschen werde ich mir mal gehörig vorknöpfen, darauf kann ich Ihnen Brief und Siegel geben«, versprach Maria.

Als Max nach Hause kam, empfing ihn seine Mutter bereits an der Haustür.

»Max, kannst du mir bitte mal erklären, warum du in den letzten beiden Klassenarbeiten eine 4 minus geschrieben hast?«, fragte sie ihn nach der Begrüßung.

»Ich weiß es nicht! Ist halt so passiert!«, versuchte der Junge sich herauszureden und wollte an ihr vorbeihuschen.

»Das kann doch nicht einfach so passieren und dann noch in deinem Lieblingsfach. Das muss doch einen Grund haben. Wie willst du denn den Wechsel zum Gymnasium schaffen, wenn deine Leistungen weiterhin nach unten rutschen?«

Wenn es nach Maria ging, musste es nicht auf Biegen und Brechen das Gymnasium sein, aber bei Max hatte sich bisher die Frage nach einer anderen Schule erst gar nicht gestellt. Er war wie ein Schwamm, der alle Informationen aufsaugte und normalerweise fiel ihm der Unterrichtsstoff problemlos zu, ohne dafür extra zu lernen.

»Ich will sowieso nicht aufs Gymnasium, ich gehe zusammen mit Theo auf die Realschule«, erwiderte Max entschieden.

»Aber das kannst du doch nicht alleine entscheiden. Das hängt eben von deiner Qualifikation ab, welche Schulform für dich infrage kommt«, erklärte sie ihrem Sohn.

»Mama, kann ich jetzt bitte in mein Zimmer gehen, Theo kommt gleich.«

Max, dem Maria an der Nasenspritze ansah, dass irgendetwas nicht stimmte, fühlte sich beständig unwohler in seiner Haut. Maria ließ die Sache erst einmal auf sich beruhen, nahm sich aber vor, abends mit Franz-Josef darüber zu sprechen.

Als sie ihren Mann zur Rede stellte, warum er ihr nichts von den Klassenarbeiten, die er unterschrieben hatte, erzählt habe, sagte der: »Darüber wollte ich auch schon mit dir sprechen, wieso die Kinder seit Neuestem mit ihren Heften zu mir kommen, obwohl wir doch zweifelsfrei vereinbart haben, dass dies in deinen Aufgabenbereich fällt.«

Maria war perplex, denn von einer diesbezüglichen ausdrücklichen Vereinbarung war ihr nichts bekannt. »Ich habe doch bis heute Mittag gar nichts davon gewusst. Max' Lehrerin hat mir mitgeteilt, dass bei ihm die Empfehlung fürs Gymnasium gefährdet ist, und unser Sohn gibt mir darauf zur Antwort, dass er dort überhaupt nicht hin will, sondern mit Theo zur Realschule gehen wird.«

»Das kann ich mir bei den guten Leistungen von unserem Max nicht vorstellen«, lachte Franz-Josef. »Vielleicht ist das nur ein Missverständnis oder Frau Zimmer hat die Schüler verwechselt.«

»Du hast doch die beiden letzten Noten selbst gesehen«, bemerkte Maria. »Oder hast du überhaupt nicht richtig hingeschaut und einfach nur unterschrieben?« Plötzlich ging der Mutter ein ganzer Lichterbaum auf.

»Na toll, du unterschreibst blind und Max spielt uns gegenseitig aus, weil er genau weiß, dass du zwischen deinen Aktenbergen gar nicht richtig hinguckst«, empörte sie sich. Franz-Josef war nun ebenfalls verärgert und beorderte seinen Sohn nach unten. Als Max die Treppe herunterkam und in die Gesichter seiner Eltern sah, wusste er gleich, wie viel die Uhr geschlagen hatte.

»Warum schreibst du schlechte Noten, obwohl du die Aufgaben kannst?«, kam sein Vater ohne Umschweife auf den Punkt.

»Es ist wegen Theo. Er hat keinen einzigen Freund in der Klasse, außer mir. Ich möchte mit ihm zusammenbleiben, aber er schafft das Gymnasium nicht, und wenn wir auf verschiedene Schulen gehen, hat er niemanden mehr.«

»Das erklärt aber keineswegs, warum du zweimal hintereinander die Arbeiten verhauen hast.«

»Weil ich absichtlich falsche Lösungen hingeschrieben habe, damit ich eine schlechtere Note bekomme und ihr mir erlaubt, zur Realschule zu gehen«, sagte der Junge bedrückt.

Die Eltern schauten sich beunruhigt an. Damit hatten sie nicht gerechnet, dass sich ihr Sohn aus falsch verstandener Freundschaft seine schulische Zukunft selbst verbauen wollte, indem er seine Noten manipuliert. Franz-Josef nahm seinen Sohn in den Arm. »Schau mal, Max, das ist der verkehrte Weg. Der Theo ist doch kein dummer Junge, wenn du ihm bei den Hausaufgaben etwas hilfst und für die Klassenarbeiten ein bisschen mit ihm übst, bin ich mir sicher, dass er ebenfalls eine Empfehlung fürs Gymnasium bekommt«, erklärte Herr Wiesel. »Und wenn der Theo zusätzliche Fragen hat, bin ich ja auch noch da.«

Sofort strahlte Max übers ganze Gesicht. Er schlang die Arme um Franz-Josefs Hals und drückte diesem einen lauten Schmatzer auf die Wange. »Danke, Papa, das ist eine klasse Idee, gleich morgen Nachmittag fangen wir damit an«, rief er zuversichtlich.

Der umschmeichelte Vater blinzelte seiner Ehefrau zu. »Na, siehst du, schon ist das Problem beseitigt«, bedeutete er ihr.

Maria blickte sprachlos zwischen beiden hin und her. Ihr wäre es wesentlich lieber, wenn Franz-Josef sich intensiver mit der schulischen Bildung seiner eigenen Kinder befassen und nicht einfach blind seinen Namen unter die Klassenarbeiten setzen würde, was sie ihm entschieden zu verstehen gab.

»Ich verspreche hoch und heilig, dass ich mir die Hefte der Kinder genauer ansehe, bevor ich unterschreibe«, versicherte er lachend mit erhobenen Händen, sich in sein Schicksal ergebend. »Darüber hinaus werde ich mich in Zukunft bei dir persönlich erkundigen, ob es wirklich stimmt, was die Kids ihrem alten Vater weismachen wollen.«

Maria lächelte nun ihrerseits und Max stürmte glücklich davon.

8. Kapitel

Frau Wiesel stand mitten auf der Treppe, als das Telefon läutete. Sie balancierte einen großen Korb in den Händen, um die schmutzigen Wäschestücke nach unten zu bringen und in die Maschine zu legen. Nach einer Weile hörte es auf, um kurz darauf erneut zu klingeln. »Kann bitte mal einer ans Telefon gehen?«, rief sie laut durchs Haus.

»Mama, wenn das Markus ist, ich bin nicht da!«, ertönte es aus Josis Zimmer.

Da sich auch sonst niemand für zuständig erklärte, stieg Maria die restlichen Stufen hinunter, stellte den Korb beiseite und hastete ins Wohnzimmer, um selbst an den Apparat zu gehen.

»Hallo Frau Wiesel, hier ist Markus«, meldete sich eine höfliche Stimme. »Ist Josi vielleicht zu sprechen? Sie ist auf ihrem Handy nicht erreichbar.«

»Du Markus, das tut mir furchtbar leid, aber Josi ist nicht zu Hause«, erwiderte sie und fühlte, wie ihr bei dieser Ausrede die Röte ins Gesicht stieg.

»Schade, dann versuche ich es später noch einmal«, bemerkte die Stimme traurig. Nachdenklich legte Maria den Hörer zurück auf die Station.

»Das muss aufhören«, seufzte sie leise vor sich hin, »ich muss unbedingt mit Josi reden, es kann nicht angehen, dass ich für die Kinder lüge.«

Seit Wochen ging das nun schon so. Immer wenn Markus anrief, ließ sich ihre Tochter verleugnen. Sie war es satt, den Prellbock zwischen den beiden zu spielen. Vor allen Dingen wollte sie jetzt endlich wissen, warum Josi nicht mehr mit dem Jungen sprechen mochte. Bisher hatte sie immer das Gefühl gehabt, dass Josi besonders gerne mit ihm zusammen war. Die beiden trafen sich fast täglich, sodass Franz-Josef bereits einmal scherzhaft fragte, ob er wohl bald einen neuen Anzug brauche. Als Maria ihn daraufhin verständnislos ansah, erklärte er, dass er ja schließlich zur Verlobung seiner Ältesten standesgemäß gekleidet sein müsse. Sie wies diese Möglichkeit zwar weit weg, musste aber trotzdem einräumen, dass die beiden sehr ineinander verliebt waren.

Jedoch schon seit geraumer Zeit wollte ihre Tochter nichts mehr mit Markus zu tun haben. Es gab keinerlei Verabredungen mehr zwischen ihnen, selbst die Theater-AG hatte Josi geschmissen, damit sie dem Jungen möglichst wenig begegnete, weil dieser den Part des Romeo spielte. Es überstieg Marias Vorstellungskraft, was wohl Schlimmes zwischen den beiden vorgefallen sein könnte, dass Josi sich dazu durchgerungen hatte. Markus war in ihren Augen ein überaus höflicher Bursche und stets bemüht, sich den außergewöhnlichen Verhältnissen im Hause Wiesel anzupassen, wenn er zu Besuch kam. Deshalb mochte Frau Wiesel ihn ausgesprochen gern. Was es auch immer war, was zwischen dem verliebten Paar schieflief, es rechtfertigte jedenfalls nicht das Verhalten ihrer Tochter dem jungen Mann gegenüber. Maria war der Meinung, dass zwischenmenschliche Probleme einzig und allein dazu da waren, um dieselben aus der Welt zu schaffen. Und das geht nun mal am besten, wenn man miteinander spricht, dachte sie entschieden.

Mit dieser Erkenntnis stieg sie die Treppenstufen wieder nach oben und pochte an Josis Zimmertür. »Josi, kann ich mal mit dir reden?« Als sie keine Antwort erhielt, klopfte sie ein zweites Mal, dieses Mal aber um einiges energischer. Erleichtert hörte sie, wie der Schlüssel im Schloss gedreht wurde.

»Komm rein!«

Frau Wiesel drückte die Klinke herunter und trat ein. Sie wollte schon loslegen und ihrer Empörung über Josis Benehmen Ausdruck verleihen, als sie sah, dass das Mädchen mit verweinten Augen auf dem Bett lag und zur Zimmerdecke hinauf starrte.

»Aber Kind, was ist denn nur los?«, fragte Maria und setzte sich auf die Bettkante. Tröstend nahm sie das siebzehnjährige Häufchen Elend in die Arme. Dabei strich sie Josi beruhigend über den Kopf. Oje, dachte sie, hier liegt aber allerhand im Argen.

»Ach, Mama, es geht um Markus. Er hat sich so verändert«, schluchzte das Mädchen und drückte sich an Frau Wiesels Brust.

Maria nestelte nach einem Taschentuch und reichte es ihrer Tochter. »Jetzt trockne dir die Augen und erzähl mal von deinem Kummer«, sagte sie lächelnd. »Vielleicht finden wir ja gemeinsam eine Lösung.«

»Wie war das eigentlich damals bei Papa und dir?«, fragte Josi stattdessen, bevor sie kräftig in das Papiertuch schnäuzte.

»Was meinst du damit, bei Papa und mir?« Maria schüttelte ahnungslos den Kopf. »Du meinst, als wir uns kennenlernten?« Sie wusste sich keinen richtigen Reim darauf zu machen, auf was ihre Tochter hinauswollte.

»Nein, ich meine ... das erste Mal! Das erste Mal als ihr zusammen ... na ja, als ihr zusammen geschlafen habt.«

Plötzlich erkannte Maria den Zusammenhang. Jetzt verstand sie die Situation, in der sich Josi befand.

»Ich glaube, der Markus will mit mir schlafen. Er will nur noch mit mir alleine sein. Wir unternehmen überhaupt nichts mehr mit der Clique gemeinsam«, vertraute das Mädchen betrübt seiner Mutter an.

»Möchtest du das denn auch?«, erkundigte sich Maria vorsichtig.

»Nein, eigentlich möchte ich das noch nicht. Außerdem bin ich mir auch nicht ganz sicher, ob Markus der richtige Mann für mich ist. Woher wusstest du, dass Papa der Richtige für dich ist?«

»Nun ja, ich habe das irgendwann einfach gefühlt. Mein Herz hat mir diesen Tipp gegeben«, lächelte Frau Wiesel. »Aber du musst schon mit dem Markus darüber sprechen und ihm sagen, dass du noch warten möchtest. Und wenn er dich wirklich liebt, dann lässt er dir auch Zeit und bedrängt dich nicht. Aber so weiß er ja nicht, was mit dir los ist!«

Josi sprang auf. »Meinst du wirklich?«

»Ja, das meine ich wirklich«, erwiderte Maria schmunzelnd.

»Danke Mama, ich glaube, du hast recht! Ich werde sofort mal bei Markus anrufen.« Josi schnappte sich ihr Handy und ließ ihre Mutter nachdenklich zurück.

Maria blieb noch eine ganze Weile in Josis Zimmer sitzen und dachte darüber nach, wie schnell doch die Zeit vergangen war. Dabei gewann sie den Eindruck, es wäre erst gestern gewesen, als sie und Franz-Josef geheiratet hatten. Jetzt war eins ihrer Küken schon so weit, um sich Gedanken über das erste Mal zu machen. Durch die alltäglichen Aufgaben in der Familie hatte sie vollkommen vergessen, wie zart und verletzbar doch das Gefühl einer jungen Liebe sein konnte.

9. Kapitel

Fritz lümmelte am Esstisch herum und beschäftigte sich intensiv mit seinem Smartphone. Mit dem Zeigefinger wischte er mal nach rechts, dann wieder nach links über das Display, scrollte rauf und nochmals runter, wobei er seine Umgebung gänzlich ausblendete. Seit einem halben Jahr besaß er dieses begehrte Teil und ab diesem Tag legte er es so gut wie nicht mehr aus der Hand. Die einzige Ausnahme bildete die Schule, weil dort ein Handyverbot existierte und Fritz schon einmal die Erfahrung machen musste, dass sein Deutschlehrer während des Unterrichts das Smartphone eingezogen hatte. Seitdem ließ er es in den Schulstunden im Rucksack.

Franz-Josef und Maria hatten nach einem langen „diskussionsfreudigen" Abend beschlossen, dass ihre Kinder ab dem Zeitpunkt, an dem sie in die weiterführende Schule gingen, ein Handy haben sollten. Zum einen, weil ja nach Aussagen der Kinder alle anderen in dieser Altersstufe längst ein Handy besaßen und zum anderen, weil sich Maria der Argumentation Franz-Josefs nicht ganz verschließen konnte, dass es für sie als Eltern vom Gefühl her ein wenig mehr Sicherheit bedeuten würde. »Sieh mal, Schatz, es gibt kaum noch öffentliche Telefone, und wenn die Kinder uns dringend brauchen oder sie aus irgendeinem

Grund mal später nach Hause kommen, können sie uns jederzeit erreichen.«

»Aber genau das ist ja ein Argument, das gegen ein Handy spricht«, konterte Maria.

Franz-Josef blickte seine Frau irritiert an. »Wie meinst du das?«, erkundigte er sich bei ihr.

Maria kannte ihre Pappenheimer und wusste bereits im Voraus genau, wie das dann ablaufen würde. Im Zweifel wäre sie es, die sich mit der Quengelei um ein längeres Ausbleiben auseinandersetzen und im Endeffekt eine unpopuläre Entscheidung fällen müsste. »Schau mal, wenn wir den Kindern ein Handy gestatten, werden sie ständig anrufen und später als verabredet ist, nach Hause kommen wollen. Wenn wir dagegen nicht permanent für sie erreichbar sind und ihnen eine Zeit vorgeben, wann sie zu Hause sein sollen, müssen sie sich ohne Wenn und Aber danach richten. Mal ganz davon abgesehen, dass dies eine teure Angelegenheit wird bei fünf Kindern«, erinnerte Maria ihren Mann sanft daran, dass sie keine Einkindfamilie mehr waren.

Trotzdem versuchte Franz-Josef sie zu überreden, da er von seinem Anbieter erst unlängst wieder ein attraktives Angebot erhalten hatte, dass er bei Weiterführung seines bestehenden Vertrages kostenlos das neueste Smartphone mit allen technischen Finessen dazubekäme. Weil er aber jetzt schon nicht mehr wusste, wohin mit den vielen ausgedienten Apparaten, nahm er die Gelegenheit wahr, seiner Frau die Sache schmackhaft zu machen, um die Altgeräte an die Kinder weitergeben zu können.

»Es stellt doch auch eine Beruhigung für uns dar, dass wir unsererseits die Kinder erreichen würden, wenn sie sich mal verspäten und einen Bus verpasst haben oder Ähnliches«, versuchte er seine bessere Hälfte von der Notwendigkeit solcher Geräte zu überzeugen. »Außerdem können sie fürs Erste meine alten Smartphones mit einer Prepaidkarte verwenden und wir werden selbstverständlich feste Regeln für die Nutzung festlegen«, wiegelte er so ganz nebenbei weitere Bedenken ab.

Widerstrebend gab sie schließlich nach und so wurde es beschlossene Sache, dass die Kinder der Reihe nach – erst einmal Josi, danach Kathi und in jüngster Vergangenheit auch Fritz – die abgelegten Handys von Franz-Josef übernahmen. Maria hatte letztlich eingesehen, dass man den Einzug der Technik in die Kinderzimmer nicht aufhalten konnte.

»Fritz, leg das Handy zur Seite und erledige deine Hausaufgaben«, rief Maria von der Küche aus Fritz zu.

»Och, Mama, nur noch ein Spiel, hab' gleich das letzte Level erreicht«, hörte sie die Stimme ihres Sohnes. Fritz war strategisch begabt und schaffte es, sogar die kompliziertesten Spiele in kürzester Zeit zu begreifen. Selbst Franz-Josef wandte sich an seinen Sohn, wenn er mal wieder mit den Einstellungen in seinem Smartphone nicht zurechtkam.

»So viel zu den Regeln, die Franz-Josef aufgestellt hat und die von den Kindern ganz sicher beachtet würden«, stöhnte Maria und ging ins Esszimmer hinüber, um Fritz an diese Regeln zu erinnern. »Außerdem bezahlen wir dir das Handy nicht, um Spiele aus dem Internet herunterzuladen«, bemerkte sie mit Nachdruck.

Der Junge steckte rasch das Smartphone in die Hosentasche und beugte sich schwitzend über sein Heft. Ein paar Schweißtropfen perlten von der Stirn über seine Wangen ab und tropften ihm vom Kinn hinunter, wo sie kleine blaue Kränze auf seiner Schrift hinterließen. Das Wetter war seit einigen Tagen traumhaft schön und die Frühlingssonne schien mit aller Kraft vom wolkenlosen Himmel herunter.

»Sag mal, warum trägst du denn bei so einer Hitze diese warme Mütze? Wir haben draußen mindestens 24 Grad«, wunderte sich seine Mutter.

Fritz wischte sich mit dem Handrücken übers Gesicht und erwiderte: »Das tragen die Jungs heute so! Das ist eine Beanie und voll cool!«

Na, wenn das bereits „cool" sein sollte, dass bei solch hohen Temperaturen dicke Wollmützen wie im Winter getragen werden, dann wollte Maria erst gar nicht wissen, welche Kopfbedeckungen voraussichtlich im Hochsommer bei den Jungs als modisch angesehen würden. Womöglich kämen dann noch Ohrenschützer hinzu, dachte sie erheitert. Gegen die dünnen Käppis aus Leinen, welche die Kids im vorigen Jahr ständig auf dem Kopf hatten, war ja nichts einzuwenden gewesen, zumal diese durch den Schirm sogar einen Schutz vor zu starker Sonnenbestrahlung boten.

Aber diese wollenen Mützen trugen ja nun nicht gerade zur Abkühlung bei. Da die Mutter von fünf Kindern in Sachen „modischer Coolness" schon so manches gewohnt war, maß sie dem jedoch keine weitere Bedeutung bei und überließ ihren Sohn seiner selbst erwählten schweißtreibenden Sauna.

Nachdem der Nachmittag auffällig ruhig verlaufen war, fanden sich zum Abendessen pünktlich auf die Minute alle Familienmitglieder ein. Während die Hausfrau sich normalerweise immer erst auf die Suche begeben musste, wenn sie mal jemanden gerade brauchte, klappte die zeitliche Abstimmung vorzüglich, wenn es hieß: Essen ist fertig! Maria hatte wegen der sommerlichen Temperaturen eine große Schüssel mit Kartoffelsalat zubereitet und hoffte damit allen gerecht zu werden. Für alle Nichtvegetarier der Familie gab es zusätzlich Brühwürstchen und Josi bekam eine extra Portion Rührreier. Es war sehr schwül im Raum, obwohl die Terrassentür weit offen und die Sonne längst tief im Westen stand.

»Fritz, willst du dir nicht endlich diese Mütze ausziehen, dein Gesicht glänzt ja wie ein öliger Pfannkuchen-Teig«, bemerkte Kathi spitz.

»Kümmer du dich lieber um dein eigenes Aussehen. Du siehst aus, als wärest du in einen Farbtopf gefallen«, erwiderte Fritz genervt mit Andeutung auf die schwarz umrandeten Augen seiner Schwester.

»Ruhe!«, mischte sich Maria ein, bevor die Situation zu eskalieren drohte. »Ich möchte am Tisch keinen Streit. Aber Kathi hat recht, wenigstens beim Essen könntest du die Mütze abnehmen, wenn es dir bei diesem Wetter ansonsten nichts auszumachen scheint.«

Fritz tat so, als hätte er den letzten Satz seiner Mutter nicht gehört und beschäftigte sich angelegentlich mit dem, was auf seinem Teller lag. Stückchenweise schob er mit seinem Messer das Essen von der Mitte zum Tellerrand und wieder zurück, wobei er den Blickkontakt mit seiner Umgebung vermied.

»Fritz, deine Mütze ...!«, mahnte ihn seine Mutter.

Zögernd schaute Fritz auf. Er fühlte sich sichtlich unbehaglich. Aber als sogar sein Vater sagte: »Jetzt mach mal hin, und nimm schon diese Mütze vom Kopf«, blieb ihm keine andere Wahl. Er griff nach oben und zog langsam die Kopfbedeckung herunter.

Entsetzt starrten die anderen auf Fritz´ Frisur. Was sie dort sahen, ließ alle sprachlos werden. Maria rieb sich die Augen, so als müsste sie sich vergewissern, dass sie keinem Trugschluss erlegen war. Willi und Max saßen wie festgewachsen mit offenstehenden Mündern auf ihren Plätzen. Josi hatte große Mühe, sich das Lachen zu verbeißen und Franz-Josef fiel die Gabel aus der Hand.

Kathi reagierte zuerst. Sie sprang auf und richtete den Finger auf Fritz. »Und du sagst zu mir, ich wäre in den Farbtopf gefallen«, kreischte sie hysterisch. »Dabei stellt sich doch die Frage, wer von uns beiden dort hineingefallen ist?«

Bei Max löste sich die Erstarrung und er brüllte los: »Du siehst aus wie ein Papagei mit Hahnenkamm!«

Und Willi wiederholte kontinuierlich: »Hahnenkamm! Hahnenkamm!«

»Das kann doch nicht wahr sein ...«, rang Maria nach Worten. »Junge, was hast du gemacht?«, fragte sie fassungslos.

Fritz' Kopf zierte von vorne nach hinten ein schmaler Streifen seines Haupthaares mit Gel fixiert, welcher zudem noch in einem leuchtenden Orange changierte, je nachdem wie er den Kopf bewegte und die letzten Sonnenstrahlen darauf fielen. Wahrscheinlich hatten seine Haare die Farbe nicht richtig angenommen. Rechts und links von dem verunglückten roten Haarstreifen waren die Seiten kahlgeschoren und die bloße Haut schimmerte teilweise unter den Stoppeln hervor. An mehreren Stellen zeigten kleine Schnitte, wo offensichtlich die Kopfhaut mit der Klinge verletzt worden war.

»Robert und ich wollten eine coole Punkfrisur und haben uns mit Papas Rasierer gegenseitig die Seiten abrasiert. Naja und dann haben wir uns mit Mamas Färbemittel die Haare gefärbt. Aber irgendwie hat das alles nicht so geklappt, wie wir es wollten«, jammerte er kläglich.

»Das kann man wohl sagen«, erwiderte Maria, nachdem sie sich ein wenig beruhigt hatte. »Morgen Nachmittag gehen wir sofort zum Friseur und lassen wenigstens die restlichen Haare in deiner Naturfarbe umfärben«, bestimmte sie energisch. Sie war in dieser Situation heilfroh, dass die Haare der Wiesel-Kinder wie Unkraut wuchsen und in zwei Wochen nichts mehr von Fritz' blanker Kopfhaut zu sehen sein würde. Fürs Erste konnte man wohl nur Schadensbegrenzung betreiben.

»Beim Robert sieht's viel schlimmer aus«, grinste Fritz schwach. »Seine Irokese ist total pink geworden, obwohl wir uns genau an die Gebrauchsanleitung beim Zusammenmischen gehalten haben.«

»Hättet ihr mal in Mathe besser aufgepasst, wär' euch das nicht passiert. Ist doch klar wie Kloßbrühe, dass es beim Mischungsverhältnis immer auf die prozentualen Anteile ankommt«, erklärte Max altklug, wofür er sich unter dem Tisch einen kräftigen Stoß gegen das Schienbein von seinem Bruder einhandelte.

Gleich nach dem Essen rief Maria bei Roberts Mutter an und entschuldigte sich für das Aussehen des Jungen, da anscheinend die Initiative von Fritz ausgegangen war. Sie bot ihr an, Robert ebenfalls mit zum Friseur zu nehmen, um das Schlimmste zu beheben. »Es tut mir furchtbar leid«, stammelte sie in den Hörer. »Ich weiß nicht, was in den Fritz gefahren ist.«

»Das war tatsächlich ein großer Schock, aber schließlich waren ja beide daran beteiligt gewesen«, entgegnete Roberts Mutter. »Wir können nur von Glück sagen, dass die Jungs nicht auf die Idee gekommen sind, ein Piercing oder Tattoo haben zu wollen«, scherzte Frau Schmidt, wobei eine gute Portion Galgenhumor herauszuhören war.

Bei Maria legte sich nun etwas die Spannung und sie war froh, dass Frau Schmidt die Sache mit Humor nahm. Deshalb erwiderte sie erleichtert: »Stimmt, es hätte weitaus schlimmer kommen können!«

10. Kapitel

»Maria, rate mal, was ich hier habe?«
Franz-Josef stürmte freudestrahlend ins Haus, in seiner Hand schwenkte er ein dickes Paket Prospekte. »Ich habe unseren Urlaub perfekt gemacht und auch schon gebucht«, beantwortete er seine Frage gleich selbst, bevor er euphorisch fortfuhr. »Herr Esser, vom Reisebüro Fernweh, hat uns eine tolle Reise ausgearbeitet, genau auf uns zugeschnitten. Zum Vorzugspreis! Wir fahren nach Moskau.« Er umfasste die Taille seiner Frau und tanzte mit ihr um den großen Esszimmertisch herum. Dabei geriet er ins Schwärmen und war nur noch schwer bis gar nicht mehr zu bremsen. »Stell dir das mal vor, drei Wochen in der Traumstadt Moskau, es ist die Stadt mit zahlreichen kulturellen Sehenswürdigkeiten, der Kathedrale mit den goldenen Zwiebeltürmen am Ufer der Moskwa, dem Bolschoi Theater und dem Kreml.«
Maria, die wesentlich praktischer veranlagt war als er, schaute ihn fragend an. »Wie viele Kinder werden wir mitnehmen?«
Aufgekratzt ließ Franz-Josef seine bessere Hälfte los. »Wieso? Alle Kinder natürlich! Du, ich stelle mir das spannend und einfach wundervoll vor. Einmal wieder mit der ganzen Familie in Urlaub fahren. Nicht wie in den letzten beiden Jahren, wo die Kinder mit ihren Jugendgruppen unterwegs waren und wir alleine mit Willi in der Eifel.«

Naja, spannend schon, aber wundervoll …? Und einfach wird es ganz bestimmt nicht, entsann sich Maria an frühere Familienurlaube mit Kind und Kegel. »Was hast du auf einmal gegen die Eifel?«, erkundigte sie sich leise.

Maria fand die Eifel eigentlich ganz in Ordnung. Zumal sie dort immer in dem gleichen kleinen, gemütlichen Gasthof untergebracht waren. Die Pensionswirtin verstand es prächtig, ihnen jeden Wunsch von den Augen abzulesen. Sie konnten ausschlafen, sich anschließend an einen fertig gedeckten Tisch setzen und wurden mit einem üppigen Frühstücksbüfett verwöhnt. Es war eine himmlische Ruhe, die Maria in vollen Zügen genossen hatte und es gab keine ewig nörgelnden, sich streitenden Kinder.

Willi merkte man kaum. Er hatte sich die ganzen Tage über auf einem benachbarten Bauernhof aufgehalten, wo er sich in Kuhmist oder sonst wo herumwälzte und lediglich am Abend beim Duschen und Gutenachtkuss ihre Mutterliebe beanspruchte.

Franz-Josef und sie waren stundenlang spazieren gegangen, hatten sich vom Wind so richtig durchpusten lassen und sich endlich einmal über andere Dinge unterhalten, als nur über Rotznasen, zerschundene Knie und zu klein gewordene Latzhosen. So und nicht anders sah die Vorstellung einer fünfköpfigen Mutter von Urlaub und Erholung aus.

Zugegeben, für einen Mann mag es ja ganz interessant sein, einmal im Jahr drei Wochen lang Tag und Nacht seine Kinder um sich zu haben. Für eine Mutter dagegen bedeutete das zwar ein schönes großes Ferienhaus mit mindestens zwei Badezimmern, fünf Schlafzimmern und Garten – ganz wie daheim. Allerdings gleichzeitig Betten machen, die Badezimmer putzen sowie Kochen, ebenfalls ganz wie zu Hause, während die Familie sich am Strand einen Sonnenbrand nach dem anderen zuzog. Abends war Maria dann für die jeweils unterschiedlich geröteten Rücken zuständig, um diese schmerzlindernd mit After-Sun-Lotion einzuschmieren. Genauso war es vor drei Jahren in Italien gewesen. Ganz zu schweigen von der wunderschönen, zwölfstündigen Fahrt in einem voll bepackten Kleinbus mit einem sich appetitlich übergebenden Willi auf dem Schoß, der solche langen Autofahrten überhaupt nicht vertrug. Da ließ sich die Aussicht doch wunderbar genießen. Und wenn sie dann nach drei Wochen reinster Erholung endlich das bisschen Wäsche gewaschen, getrocknet und gebügelt in die jeweiligen Schränke verteilt hatte, durfte sie sich die Fotos von Sonne, Meer und weißem Sand im Familienalbum anschauen. Oh, welch wundervolle Ferienzeit. Diese Erinnerung und viele andere kamen ihr spontan zum Thema Familienurlaub in den Sinn.

Und nun wollte Franz-Josef sogar mit der ganzen Familie nach Russland. Im Gegensatz zu ihrem Mann fand Maria die Vorstellung nicht gerade witzig mit einer Horde Kinder im Schlepptau, die Schönheiten Moskaus zu erkunden. Nein wirklich, vor diesem Hintergrund erschien ihr die Eifel doch um manches sympathischer.

»Wie stellst du dir das denn praktisch vor? Willst du etwa mit unserem Auto dreißig Stunden bis nach Russland fahren? Und überhaupt, wo sollen wir denn wohnen? Ein Hotel und eine Flugreise für alle ist doch viel zu teuer!«

»Nein, natürlich nicht mit dem Auto! Wir fahren ganz luxuriös mit der Bahn im Schlafwagen, nur in Berlin haben wir einen kurzen Zwischenstopp, und vor Ort hat Herr Esser für uns eine entzückende Ferienwohnung ausgesucht«, erwiderte Franz-Josef und gab ihr einen leichten Nasenstüber.

Ablehnend hob sie die Hände und öffnete den Mund, um ihrem Ehegatten weitere Gründe darzulegen, die gegen eine Reise nach Russland und für die Eifel sprachen.

Franz-Josef, der seine Frau bereits einige Zeit kannte, merkte, welche Gedanken sich hinter ihrer Stirn bewegten und ließ sie erst gar nicht mehr zu Wort kommen.

»Maria glaube mir, es wird herrlich. Wir werden viele interessante Dinge zu sehen bekommen und die Kinder können eine Menge lernen. Wir werden dir alle helfen. Als Erstes stelle ich einen bis in alle Einzelheiten ausgetüftelten Plan auf, wer, was und wann zu tun hat. Du wirst sehen, die Kinder und ich werden ganz verrückt danach sein, dich in allem zu unterstützen. Ich freue mich jetzt schon darauf, mal wieder nach Herzenslust zu kochen. Du wirst mit der Kocherei überhaupt nichts zu tun haben.«

»Oh, das kenn´ ich«, lachte Maria. Sie dachte an das sogenannte Verkaufen der kleinen Verpflichtungen, was von ihren Kindern und sogar von ihrem Mann perfekt beherrscht wurde. Und wenn ihr Mann dann mit der sogenannten Kocherei fertig war, durfte sie die Ärmel hochkrempeln und das entstandene Chaos wieder beseitigen. »Na gut«, sagte sie schließlich, »ich finde, wir sollten die Sache aber doch noch im Familienrat besprechen. Wenn die Kinder dafür sind, möchte ich mich nicht dagegen stellen.« Sie rechnete im Stillen damit, dass die Kinder nicht auf die Ferien mit ihren Freunden verzichten wollten und absolut keine Lust verspürten, vereint im Rudel einer Großfamilie durch die Straßen Moskaus zu galoppieren.

Aber weit gefehlt, die Kinder brachen in laute Begeisterungsstürme aus. Alle waren Feuer und Flamme. Selbst die besonnene Josi, von der Maria gedacht hätte, dass sie viel lieber gemeinsam mit Markus in Urlaub fahren würde, nachdem die beiden wieder zueinandergefunden hatten, sprang auf und fiel ihrem Vater um den Hals. »Mensch Klasse, gehen wir dann auch mal ins Bolschoi-Theater? Bitte! Bitte!«, bettelte sie, obwohl dies in der Phase des Erwachsenwerdens so gar nicht ihre Art war und sie es sonst als hochgradig kindisch empfand. Kathi wollte unbedingt zum Roten Platz ins Kaufhaus GUM, aber nicht etwa, um die prächtige Architektur zu bewundern, sondern weil es, mit seinen edlen Boutiquen und Fachgeschäften für teure Markenkleidung, das größte Einkaufszentrum Moskaus war. Dagegen entschied ihr Bruder Fritz, mit dem Schiff den Moskau-Wolga-Kanal zu befahren. Ihn interessierten besonders die vielen Schleusen, und die

Kleinen wollten sogleich loslaufen, um vorsorglich schon mal ihre Rucksäcke zu packen.

»Halt, halt«, rief der glorreiche Erfinder dieser grandiosen Idee, »zuerst möchte ich von euch einen Schwur auf alles, was euch lieb und teuer ist, das allergrößte Indianer-Ehrenwort und eine verbindliche Zusage, eure Mutter tatkräftig bei der anfallenden Arbeit zu unterstützen. Bei Vertragsbruch wird dieser mit schärfster Strafverfolgung geahndet.«

»Aber das ist doch klar! Wir helfen ganz bestimmt!! Ich schwöre!«, ertönte es aus allen Mündern und Maria sah sich sechs engelsgleichen Wesen gegenüberstehen, einschließlich ihres Ehemannes, deren imaginäre Heiligenscheine strahlendhell glänzten. Was blieb ihr da noch anderes übrig, als die sprichwörtlich gute Miene zum bösen Spiel zu machen? Ihre einzige Hoffnung war die, dass am Abfahrtstag ein Erdbeben oder vielleicht sogar ein Schneesturm die Reise verhindern würde. Beides war in höchstem Maße unwahrscheinlich! Also nickte sie langsam und ergeben mit dem Kopf.

Gleich am nächsten Morgen legte Franz-Josef seiner Familie einen zehnseitigen Arbeitsvertrag vor, in dem jedes Familienmitglied die genauen Instruktionen über die zu gewährenden Hilfsmaßnahmen während des dreiwöchigen Urlaubes nachlesen konnte. Das muss ihn die ganze Nacht gekostet haben, dachte Maria staunend, als sie die bis aufs i-Tüpfelchen ausgearbeiteten Details las. Äußerst schwierig gestaltete sich allerdings die Unterbringung und Versorgung des Wieselschen Zoos. Die Kleintiere in ihren Käfigen waren nicht so problematisch. Aber wer würde Herrn Faulpelz und Kater Schnurr für die Zeit der Abwesenheit aufnehmen? Mal abgesehen davon, dass Willi sich unschwer von Kater Schnurr trennen konnte, und ganz bestimmt nicht für drei Wochen, hatten sie den Chow Chow vergangenes Jahr während der Urlaubszeit schon einmal in einer Hundepension untergebracht.

Die Hundepfleger dort machten einen sehr netten Eindruck und aufgrund dieser Tatsache hatten dabei weder Maria noch Franz-Josef ein schlechtes Gewissen. Auch nicht, als sie einen letzten Blick auf Herrn Faulpelz warfen, in dessen Augen sehr deutlich zu lesen stand, was er von ihnen und ihrem Vorhaben hielt. Nach dem Urlaub holten sie selbstverständlich zuerst Herrn Faulpelz von der Hundepension ab. Gleich am Tor kam ihnen ein völlig entnervter Tierpfleger entgegen. Er wies sie freundlich, aber bestimmt darauf hin, dass sie ihren Köter nehmen und verschwinden und sich um Gottes willen nie mehr in der Pension Tierlieb blicken lassen sollten. Die Wiesels sahen sich verständnislos an.

»Dieser Hund ist unerträglich«, hatte der Pfleger geschimpft, »kaum haben wir seine Box gesäubert und ihm den Rücken zugewandt, hat er sich demonstrativ hingehockt und wieder alles vollgemacht. Und nach draußen führen, ließ er sich überhaupt nicht.«

Maria war dies sehr peinlich gewesen und sie gab dem Mann ein extra Trinkgeld für die viele Mühe. Herr Faulpelz kam erhobenen Hauptes auf sie zugetrottet und ließ sich gnädigerweise von Franz-Josef ins Auto heben.

Maria teilte diese Bedenken sofort ihrem Mann mit. »Was machen wir mit Herrn Faulpelz? Die Hundepension wird ihn nicht mehr nehmen und durch Moskau schleppen, können wir ihn auch nicht. Wer weiß, wie stickig die Luft in so einer Metropole ist. Erinnere dich bitte an Rimini, wie sehr er unter dem dortigen heißen Klima gelitten hat, trotz des großen Sonnenschirms, den wir eigentlich für uns gemietet hatten und auf den wir verzichten mussten, damit Herr Faulpelz einen schönen, schattigen Platz am Strand bekommt. Und jetzt willst du ihn mit den Strapazen einer solchen Städtetour belasten? Das wird er uns nie verzeihen.«

»Ganz einfach, wir fragen Tante Thea«, erwiderte ihr Gatte und strahlte übers ganze Gesicht, ob seines guten Einfalls.

So einfach fand Maria diesen Vorschlag nun wieder nicht. Schließlich war Thea nicht gerade auf „Du und Du" mit den Haustieren der Familie Wiesel, und auch Herr Faulpelz würde eine Ausquartierung nicht so ohne Weiteres akzeptieren. »Außerdem kannst du doch Tante Thea nicht zumuten, Herrn Faulpelz zur Hundewiese zu tragen, damit er seinen Geschäften nachgehen kann. Du weißt doch, dass er kaum einen Schritt alleine läuft«, entrüstete sie sich.

»Das ist doch kein Problem«, entgegnete ihr Göttergatte, um keine Antwort verlegen. »Wir werden Tante Thea den Bollerwagen mitgeben. Dann kann sie Herrn Faulpelz zur Wiese ziehen.«

Die nächsten Tage vergingen wie im Fluge. Maria war vollauf mit dem Säubern, Bügeln und Zusammenstellen der Urlaubsgarderobe beschäftigt. Der erste Urlaubstag brach an und im Hause Wiesel herrschte hektische Betriebsamkeit. Die Koffer, Reisetaschen sowie Rucksäcke der Kinder waren gepackt und standen in den Zimmern bereit, um nach unten getragen zu werden.

Tante Thea hatte sich doch noch Herrn Faulpelz erbarmt und holte ihn samt Bollerwagen ab. Kathi musste noch mal eben schnell zu Sabine, um sich von ihrer besten Freundin zu verabschieden. Josi schnappte sich die Käfige mit dem Hamster Nageklein sowie den Meerschweinchen Dick und Doof und brachte alle zu Herrn Berger. Die Jungen waren unterwegs zu Billy, um ihr die Kanarienvögel Max und Moritz und den Kater zu übergeben. Billy war Familie Wiesels Haushaltshilfe, und nachdem Herr Wiesel sie mit einer kräftigen Erhöhung des Urlaubsgeldes überredet hatte, wollte sie sich der Tiere annehmen. Selbst Willi war nun davon überzeugt, dass Kater Schnurr in die allerbesten Hände kam.

Eigentlich wollte Wilhelmine Hinze, von den Kindern liebevoll Billy genannt, sich ursprünglich nur mal eben bei Frau Wiesel beschweren, weil Fritz auf dem Nachhauseweg von der Schule einen dicken Strauß Tulpen aus ihrem Vorgarten stibitzt hatte, um diesen seiner Mutter zum Muttertag zu überreichen.

Nachdem auf ihr anhaltendes Klingeln an der Vordertür niemand geöffnet hatte, versuchte Billy, damals noch Frau Hinze, ihr Glück an der Seitentür. Diese stand sperrangelweit offen und lud sie zum Nähertreten geradezu ein.

Schauderhaft, dachte Billy entsetzt, das sieht ja aus, als hätte hier der Blitz eingeschlagen. Da sie solch ein *Tohuwabohu* nicht ertragen konnte, krempelte sie zuerst einmal die Ärmel hoch und bemühte sich etwas Ordnung in dieses heillose Durcheinander zu bringen. Sie räumte den Küchentisch ab, kratzte die angetrocknete Marmelade vom Fußboden, ebenso von den Stühlen, und spülte anschließend einen Berg Geschirr, weil die Spülmaschine voll war. Und dabei ist es dann geblieben. Seitdem kam sie regelmäßig dreimal in der Woche und Frau Wiesel küsste ihr sinnbildlich Hände und Füße dafür.

»Maria, könntest du mir bitte ein Glas Wasser bringen? Mir ist fürchterlich heiß!« Franz-Josef stolperte schwitzend die Treppe hinunter, in der einen Hand einen großen Koffer, in der anderen die Rucksäcke der Jungen und um den Hals seine Golftasche mit sechs ausgesuchten Golfschlägern.

»Was willst du eigentlich in Moskau mit den Golfschlägern?«, erkundigte sich Maria erstaunt, als sie die Tasche sah.

»Man weiß ja nie, ob sich mal eine Gelegenheit zum Golfen bietet«, erwiderte er keuchend und stellte die Gepäckstücke im Flur ab. Er stürzte das Wasser in einem Zug hinunter und gab seiner Frau das Glas zurück.

Da Maria noch damit beschäftigt war, das restliche Frühstücksgeschirr kurz abzuspülen, um es in die Maschine zu räumen, verschwand sie wieder in der Küche. Zwischenzeitlich kam Josi zurück und streckte ihren Kopf zur Tür herein. »Mama, hast du dir heute schon mal Paps genauer angesehen? Er hat so seltsame Punkte im Gesicht.«

»Punkte? Was meinst du mit ... Punkte?« Maria schaute ihre Tochter fragend an.

»Na Punkte eben. Wenn ich nicht wüsste, dass Paps bereits erwachsen ist, würde ich sagen, er hat eine Kinderkrankheit. Masern oder so etwas«, erwiderte Josi.

Maria hastete in die Diele. Sie fand ihren Mann auf der untersten Treppenstufe sitzend vor, das Gesicht mit Flecken übersät. Schwer atmend rang er nach Luft, während der Schweiß in kleinen Rinnsalen über seine Wangen lief.

»Maria, die Kinder müssen Steine in ihre Rucksäcke gepackt haben. Aber ich habe bald alles nach unten geschleppt, dann können wir sofort losdüsen. Bestell schon mal ein Großraumtaxi, damit wir unseren Zug noch rechtzeitig erwischen!«

Besorgt musterte Frau Wiesel ihren Ehemann und legte ihm die Hand auf die Stirn. »Ich glaube nicht, dass wir fahren können. Du legst dich am besten gleich hin und ich rufe Dr. Schulze an.«

Nachdem sich der Trubel etwas gelegt, Dr. Schulze bei Franz-Josef und auch bei Willi, der sich ebenfalls nicht wohlfühlte, die Masern diagnostiziert hatte, wurden die Tiere samt Käfigen zurückgeholt und Maria packte die Koffer wieder aus. So schnell hatte sie mit dieser Arbeit allerdings nicht gerechnet. »Wir hätten für Willi und uns doch die Eifel planen sollen«, seufzte sie, »dann wären wenigstens die übrigen Kinder jetzt versorgt und hätten mit der Jugendgruppe in die Ferien fahren können.«

11. Kapitel

Unruhig wälzte sich Franz-Josef in den Kissen hin und her. Das Fieber machte ihm schwer zu schaffen. Hinzu kam, dass es drückend schwül war. Die tropischen Wetterverhältnisse erzeugten seit Wochen eine gewitterschwere Luft, ohne dass auch nur ein einziger Regentropfen zur Erde gefallen wäre. Sogar die Vegetation zeigte bereits ihr erstes welkes Blattwerk und durch die anhaltende Dürre musste in weiten Teilen des Landes mit einer Wasserknappheit gerechnet werden. Egal ob Mensch oder Tier – alle litten unter der extremen Hitze. Die Geschäfte waren nahezu menschenleer und in den Straßencafés saßen keine miteinander plaudernden Leute, um wie in den vergangenen Jahren den Sommer zu genießen. Man konnte fast den Eindruck gewinnen, als würde das Leben pausieren.

Auf dem Bahnsteig hingegen wimmelt es von Menschen aller Nationalitäten und Sprachen. Die Gleise übertragen die eintönige Melodie der einfahrenden Transsibirischen Eisenbahn in den Bahnhof von Berlin. Die mörderische Hitze lässt nur einen Gedanken zu: Schnell weg hier! Gepäckstücke werden hin und her geschoben. Durch die Lautsprecher hört man die Mitteilung über die Ankunft und Abfahrt der Züge.
Herr Faulpelz sitzt dicht gedrängt an Kathis Beinen und hält sich verwirrt mit einer Pfote die Augen zu. Kater

Schnurr schmiegt sich eng in Willis Arme, während seine Ohren wachsam aufgerichtet sind. Ununterbrochen laufen die Meerschweinchen Dick und Doof im Käfig durch das Rad. Die Kanarienvögel Max und Moritz flattern vor Aufregung wild mit den Flügeln, während Nageklein sich vorsichtshalber in dem kleinen Holzhäuschen verkrochen hat.

»He, Doof, was glaubst du, wie lange wir diesen Lärm und die Hitze hier noch ertragen müssen?«, erkundigt sich Dick bei seinem vor ihm herlaufenden Bruder.

»Keine Ahnung! Aber sag mal, kann es sein, dass die unseren Käfig mit dem von Nageklein vertauscht haben oder warum rennen wir hier ständig durchs Rad, wie es sonst nur der verrückte Hamster tut?«

»Das weiß ich auch nicht. Ich bin nur heilfroh, wenn dieser Käfig endlich an einem ruhigen Platz im Abteil steht«, grunzt Dick völlig außer Atem.

»Wenn das Gedränge hier so weitergeht, dann dauert es noch ewig«, bellt Herr Faulpelz und stemmt sich mit allen vier Pfoten gegen die Drängelei von hinten.

»Das ist mal wieder typisch, nur weil du zu faul zum Laufen bist und wir diesen blöden Bollerwagen mitschleppen müssen, geht es hier nicht voran und wir bekommen womöglich keinen Platz mehr im Speisewaggon«, faucht Schnurr, der sich in Gedanken an die dortigen Leckereien mit der Zunge über die Schnurrbarthaare fährt.

Der Hieb sitzt und Herr Faulpelz zieht nun kräftig an der Leine, sodass Kathi Schwierigkeiten hat, durch die Menge hinterherzukommen. Josi, Fritz und Max bugsieren die Käfige vorsichtig zu ihrem Kurswagen.

»Puh, das wäre geschafft!«

Aufatmend lassen sich Kinder, Erwachsene und Tiere im Abteil nieder. Die Türen schließen sich geräuschvoll und die Reise beginnt. Schnaufend und schwerfällig setzt sich die große, bullige Lokomotive in Bewegung. Die Räder beginnen sich zu drehen, werden immer schneller und der Koloss bahnt sich seinen Weg über die Schienen, vorbei an grauen Häuserreihen, kleinen Dörfern, saftigen, grünen Wiesen und Feldern, auf denen Schafe, Kühe und Pferde friedlich nebeneinander weiden. Stunde um Stunde vergeht.

Plötzlich wird die Tür des Abteils aufgerissen. Eine freundliche, über das ganze Gesicht grienende Frau schaut die Reisenden an.

»Guten Tag, ich bin Olga, die Kurswagenbegleiterin. Kann ich bitte die Fahrkarten und Pässe sehen?«

Willi schreckt auf seinem Platz hoch, wo er während der langen Fahrt eingenickt ist und rutscht hin und her.

»Bitte, wo ist die Toilette?«, fragt er.

»Ich müsste auch mal für kleine Hunde«, bellt Herr Faulpelz mit einem verschämten Seitenblick auf die verräterische Pfütze, die sich unter ihm ausbreitet.

Sofort beschweren sich Max und Moritz durch lautes Gepfeife: »Pfui, Herr Faulpelz, hättest du nicht warten können, bis wir an einer Zwischenstation anhalten?«

Auch Nageklein rümpft seine empfindliche Nase wegen des Malheurs.

»Am Ende des Ganges, rechte Tür«, erwidert die freundliche Schaffnerin auf Willis Frage.

Kater Schnurr kommt mit aufgerichtetem Schwanz ins Abteil stolziert.

»Wo warst du?«, wird er von den anderen empfangen.

Niemandem ist aufgefallen, dass er schon seit geraumer Zeit nicht mehr oben auf der Gepäckablage sitzt und seine morgendliche Waschung verrichtet.

»Stellt euch vor, was ich gesehen habe«, maunzt er wichtigtuerisch. »Auf einem runden Tisch im Speisewagen steht ein silberner, dickbauchiger Metallkessel, an den Seiten mit Griffen versehen und in der Mitte hat er einen kleinen Hahn, aus dem heißes Wasser fließt.«

»Das ist ein Samowar. Damit wird in Russland Tee zubereitet. Das Teekonzentrat wird mit dem Wasser verdünnt«, erklärt Herr Faulpelz stolz. »So was habe ich in der Zeitung gesehen, die ich Herrn Wiesel immer an den Frühstückstisch bringe.«

»Du neunmalkluger Faulpelz«, ereifert sich der Kater und fährt triumphierend fort: »Aber du weißt nicht, dass neben diesem Samowar eine Schüssel, voll bis oben hin, mit süßen Zuckerklümpchen steht.«

»Hui!«, fiept Nageklein und kräuselt sein spitzes Schnäuzchen. »Kannst du mir bitte ein Klümpchen mitbringen?«

»Mal sehen, was ich machen kann«, verspricht Kater Schnurr großspurig.

Nach ewig langer Zeit halten sie an, damit die Lokomotive ausgetauscht werden kann.

»Na, endlich!«, seufzt Herr Faulpelz und läuft freiwillig als Erster aus dem Abteil, um sich abseits des Gewühls einen ungestörten Platz hinter einem Busch zu suchen.

Josi öffnet das Fenster und winkt eine rundliche Babuschka heran, die mit Pilzen, Kohl und Kartoffeln gefüllte Teigtaschen verkauft.

»Ich möchte aber lieber ein Brötchen mit Marmelade«, ruft Fritz, der entdeckt hat, dass es die Piroschki auch in süßer Variante gibt.

»Was muss ich dafür zahlen?«, fragt Josi und drückt der alten Frau das geforderte Geld in die Hand.

Kaum haben die Kinder ihre Mahlzeit beendet, werden die Türen geschlossen und die Fahrt geht weiter.

Mit einem kräftigen Ruckeln zieht die Lokomotive an. »Sagt mal, wo ist eigentlich Herr Faulpelz?«, fragt Dick mit einem vielsagenden Blick in die Runde.

Kater Schnurr springt mit einem Satz von der Rückenlehne herunter, auf der er es sich gerade gemütlich gemacht hat, und schaut unter den Bänken nach. »Kein Faulpelz zu sehen«, miaut er aufgeregt.

Prompt heben alle Tiere ein lautstarkes Konzert an. Es ertönt ein derartiges Gezwitscher, Gegrunze, Fauchen und Gepiepse im Abteil, so laut, dass die Schaffnerin stirnrunzelnd ihren Kopf zur Tür hereinstreckt. Was ist nur mit den Tieren los, dass sie alle so einen Lärm veranstalten? Alle, außer ... »Wo ist Herr Faulpelz?«, kreischt nun auch Kathi.

Fritz springt auf und hängt sich geistesgegenwärtig mit seinem ganzen Gewicht an die Notbremse. Der Zug kommt augenblicklich zum Stehen. Es entsteht ein heilloses Durcheinander. Die Rucksäcke der Jungs und die Golftasche rutschen von der Gepäckablage und fliegen wie Geschosse durch das Abteil. Marias Koffer wird gegen die Kabinenwand geschleudert. Sie starrt erschrocken auf den Inhalt des Gepäckstücks, dessen Schloss sich durch den Aufprall geöffnet hat. Einige der Kleidungsstücke liegen verstreut auf dem Boden des Waggons, während andere an den Käfigen der

Kleintiere hängen bleiben. Draußen laufen aufgeregt die Zugbegleiter hin und her, um nach der Ursache für den unvorhergesehenen Zwischenstopp zu forschen. »Was ist passiert?«, brüllt der Zugführer.

In diesem Chaos betritt hoch erhobenen Hauptes der Chow-Chow, der sich im Speisewaggon nach den Zuckerstückchen umgesehen hat, das Abteil. »Was ist, Jungs, habe ich was verpasst?«, erkundigt er sich. Der Kater wirft ihm einen vernichtenden Blick zu und fährt fort seine verletzte Pfote zu lecken. Auch die anderen Tiere sind gegenwärtig nicht gerade gut auf Herrn Faulpelz zu sprechen. Nur die Kinder streicheln und umarmen ihn, froh darüber, dass er nicht zurückgeblieben ist.

»Nitschewo! Alles in Ordnung, es kann weitergehen«, ruft Frau Olga dem Lokführer zu.

Am nächsten Tag sollen sie laut Fahrplan in Moskau im Weißrussischen Bahnhof ankommen. Max und Moritz nehmen vorher flink noch ein Bad, in dem extra dafür vorgesehenen Badehäuschen, das an den Käfigstangen klemmt. Verständnislos schauen Dick und Doof den beiden zu, wie sie ausgelassen mit den Flügeln schlagen und sich gegenseitig nass spritzen. »He, könnt ihr mal aufhören«, beschwert sich Nageklein, der sich fortwährend mit dem Pfötchen über das Gesicht putzt, weil ihm ein Tropfen nach dem anderen auf die Nase fällt.

Schsch ... schsch ... schschsch ...! Quietschend und stöhnend hält die Lokomotive an.

Plötzlich schlug Franz-Josef die Augen auf und flüsterte erschöpft: »Kinder, nehmt eure Rücksäcke, wir sind endlich in Moskau!«

Maria hatte die Rollläden heruntergelassen, um das Zimmer ein wenig abzudunkeln. Sie saß auf der Bettkante und erneuerte das feuchte Tuch auf seiner Stirn. Willi lag der Einfachheit halber neben seinem Vater im Bett. Seitdem die beiden an den Masern erkrankt waren, wurde das Schlafzimmer der Eheleute als Krankenstation benutzt. Sie selber schlief auf dem Sofa im Wohnzimmer. Den Jungen hatte es zwar nicht ganz so übel erwischt, trotzdem war sie zwischen Wadenwechsel und Stirnkühlung von einer Seite des Ehebettes zur anderen gehuscht. Fürsorglich legte sie Franz-Josef die Hand in den Nacken, hob seinen Kopf etwas an und hielt ihm ein Glas mit Wasser an die Lippen, während er gierig trank.

Ein glückliches Lächeln breitete sich auf Marias Lippen aus, Franz-Josef schien nun endlich das Schlimmste überstanden zu haben.

12. Kapitel

»Maria, hast du vielleicht eine Erklärung dafür, wieso mir heute Morgen beim Rasieren außer meinem eigenen ein fremdes Gesicht, umrahmt von schwarzen, eingeölten Haaren, aus dem Spiegel im Jungen-Badezimmer entgegengeblickt und mich mit ›He, Alter, ganz cool bleiben, ich gehe nur mal eben aufs Klo‹ begrüßt hat?«, fragte Franz-Josef, der sich mittlerweile von den Masern gut erholt hatte und gerade aus der Kanzlei nach Hause kam.

Die beiden Badezimmer des Hauses waren in das für die männlichen und das andere für die weiblichen Wiesels unterteilt, um einen morgendlichen Stau zu vermeiden. Da besonders Kathi ewig brauchte, um alle möglichen Farbnuancen in ihr Gesicht zu zaubern, und die Jungs sich über parfümierte Zahnbürsten beschwerten, war auf die Initiative des Hausherrn der Familienrat einberufen worden. Nicht zuletzt aus eigennützigen Gründen stellte Franz-Josef den Antrag, an die jeweilige Tür ein Schild mit der Aufschrift „Nur für Jungs" und „Nur für Mädels" zu hängen, und zwar mit der Auflage der strikten Einhaltung. Nach Abwägung des Für und Wider war es beschlossene Sache gewesen und klappte in der Regel hervorragend, denn die Jungen waren schnell durch mit ihrer Morgentoilette. Schwierig wurde es nur, wenn weitere männliche Personen im Hause übernachteten. Dies hatte der Drahtzieher des Plans dabei nicht bedacht. Da die Jungs in der Überzahl waren und sie häufiger Übernachtungsgäste mitbrachten, hatte er sich mit dieser Regelung in den eigenen Finger geschnitten.

Franz-Josef stellte seine Aktentasche neben die Tür und begrüßte seine Frau mit einem Kuss auf die Wange. »Und wie kommt es, dass genau dieser junge Mann mir anschließend beim Frühstück meine Zeitung mit den Worten: ›Ich darf doch mal eben, nur den Sportteil‹ auseinandersortierte? Haben wir nicht genug eigene Kinder, dass wir uns noch welche ausleihen müssen?«, fuhr er fort.

»Ach Schatz, das ist doch der Robert, ein Klassenkamerad von unserem Fritz. Das habe ich dir vergangene Woche bereits erzählt. Seine Mutter ist gestern für ein paar Tage nach Bochum zu ihrer Schwester gefahren, um diese bei der Pflege der Eltern zu unterstützen. Da aber die Schulferien vorbei sind, konnte Robert ja nicht mitfahren. Deshalb habe ich zugesagt, dass er bei uns wohnen kann. Sie hätte sonst nicht gewusst, wo sie ihn solange lassen sollte. Es war eine große Beruhigung für Frau Schmidt, dass der Junge bei uns Unterschlupf gefunden hat.«

Robert war der beste Freund von Fritz. Die beiden hingen wie Pech und Schwefel beisammen. Inzwischen waren auch bei beiden Jungen die Haare nachgewachsen und es erinnerte nichts mehr an deren verunglückte Punkfrisur. Im Gegenteil, die Burschen gingen seitdem jeder sich ihnen nähernden Schere aus dem Weg. Voller Stolz trugen sie nunmehr ihre Frisur straff zurückgekämmt und am Hinterkopf verknotet. Für Fritz war das kein Problem, Robert dagegen musste sich eine gute Portion Gel hineinschmieren, damit seine krausen Haare hielten.

Franz-Josef nahm sich einen Becher vom Regal und stellte ihn unter die Kaffeemaschine. »Dagegen ist ja auch nichts einzuwenden! Trotzdem wäre es nett, wenn einem mal mitgeteilt würde, dass bei der Morgentoilette plötzlich fremde Wesen vor einem stehen könnten. Manchmal weiß ich nicht, ob ich zu Hause bin oder auf dem Hauptbahnhof«, scherzte er.

»Ich habe es dir wirklich gesagt, da bin ich mir ganz sicher«, erwiderte seine Ehehälfte und konzentrierte sich auf die Zubereitung des Abendessens. Sie bemühte sich, so gut es ging, diesbezüglich auch die ausgefallensten Wünsche zu erfüllen. Während das eine Familienmitglied nur eine Scheibe Brot mit etwas Aufschnitt aß, bevorzugte das andere Nudeln mit Tomatensoße, dazu Gurkensalat, und wieder ein anderes nur Müsli und Karotten. Kathi hatte seit Neuestem eine Vorliebe für die Sushi-Küche entwickelt.

Normalerweise war es für die Hausfrau nicht weiter tragisch, die verschiedenen geschmacklichen Gelüste der Familie zu berücksichtigen. Es dauerte halt nur wesentlich länger, bis das Essen dann endlich auf dem Tisch stand. Ein weiterer Nachteil bestand darin, dass ihre Tischnachbarn sie anscheinend mit dem Mülleimer verwechselten und sämtliche Reste bei ihr entsorgten. Unaufgefordert luden sie ihr den Teller voll. Das führte dazu, dass vor Maria ein exotischer Farbenmix drapiert war, aus welchem sich schwerlich ein leckeres Abendessen erkennen ließ. Man musste schon sehr strapazierfähige Geschmacksnerven haben, um sich ein halbes Marmeladenbrötchen mit einem Stückchen rohen Fisch und obendrauf noch einer Peperoni genüsslich auf der Zunge zergehen zu lassen. Aber die Rasselbande wusste ganz genau, dass Maria in Anbetracht der Hungersnot, die auf der Welt herrschte, keine Lebensmittel wegschmeißen konnte. Deshalb stellte sie sich in der Regel dieser ungewöhnlichen Speisenfolge, damit die Essensreste nicht vernichtet wurden, sondern wenigstens in ihren Magen wanderten. Nur wenn es gar zu bunt gemischt auf ihrem Teller aussah, gab sie vor, satt zu sein und warf die restlichen Nahrungsmittel schweren Herzens weg. »Ich bin mal gespannt, was der Robert sich so unter seinem Abendessen vorstellt«, sagte sie. Weiter kam sie mit ihren Überlegungen nicht, da die Küchentür erneut aufflog und Fritz im Türrahmen stand.

»He, wann gibt's was zu essen? Robert und ich wollen noch zu den Jungs in den Keller.«

Zu den Jungs in den Keller bedeutete, dass ein paar Jungen aus der Schule einschließlich ihres Sohnes sich im Jugendzentrum „Der Keller" trafen und dort abhingen, wie sie es selbst bezeichneten. Die Kinder hatten im Zentrum die Möglichkeit, Tischtennis und Kicker zu spielen oder sich in Gruppenräumen zu treffen, um sich einfach nur mit ihren Freunden auszutauschen. Der Jugendtreffpunkt wurde von der Stadt gefördert und es waren regelmäßig Betreuungskräfte vor Ort. Für die Eltern bedeutete das eine große Beruhigung: So kamen die Jungs wenigstens nicht auf dumme Gedanken.

Nach dem Essen flitzten die Kinder in alle Himmelsrichtungen davon.

Franz-Josef nahm seine mittlerweile wieder vollständige Zeitung zur Hand, um nun auch endlich den Sportteil lesen zu können. »Jetzt beginnt der gemütliche Teil des Abends«, freute sich der Herr des Hauses und verdrückte sich ins Wohnzimmer in seinen Lieblingssessel. Weit kam er mit dem Lesen allerdings nicht. Kaum hatte er sich hingesetzt und mit dem ersten Sportartikel begonnen, als es anhaltend an der Tür klingelte. Geflissentlich überhörte er es und konzentrierte sich auf die Bundesligatabellen. Nachdem beim zweiten Mal innerhalb des Hauses alles ruhig blieb, rief er laut: »Maria, es klingelt!«

»Das mag ja so sein«, meldete sich seine Angetraute aus der Küche, wo sie die Spuren der Raubtierspeisung beseitigte. »Dann würde ich an deiner Stelle mal nachsehen, wer das ist.«

Seufzend erhob sich der Hausherr.

Vor der Tür stand Herr Meyer, der rechts Fritz und links Robert am Kragen gepackt hielt. Die beiden Jungs zappelten sich los und rannten die Treppe hinauf. Verdutzt schaute Franz-Josef in das vor Zorn gerötete Gesicht seines Gegenübers. »Das ist Sachbeschädigung! Das sollten Sie als Anwalt wissen. Endlich habe ich diese Sprayer erwischt, die mir meinen Zaun verunstaltet haben!« Aufgeregt schilderte Herr Meyer, dass er Fritz und Robert dabei beobachtet hatte, wie sie seinen Gartenzaun mit Farben besprühten.

Maria, die durch das Stimmengewirr angelockt aus der Küche kam, bat den Nachbarn ins Wohnzimmer und versuchte ihn zu beruhigen. Nach dem dritten Schnäpschen, zahlreichen Entschuldigungen und der Zusage, dass die Jungs eine gehörige Standpauke erhalten würden, verließ Herr Meyer leicht schwankend das Haus.

Franz-Josef begab sich zornig nach oben, um Fritz und Robert die fällige Strafpredigt zu verpassen. »Seid ihr noch ganz gescheit?«, brüllte er sofort los. »Ihr seid alt genug, um zu wissen, dass so eine Aktion strafbar ist und kein „Dummer Jungenstreich" mehr! Was habt ihr euch nur dabei gedacht?«

»Das ist doch sowieso nur so 'n oller Zaun und da dachten wir, dass der so ein bisschen Farbe gut gebrauchen könnte«, versuchte Fritz kleinlaut die Tat zu rechtfertigen.

Die beiden Übeltäter senkten ihre Häupter und blickten schuldbewusst zu Boden, als würde sich dieser gleich vor ihnen öffnen und sie sanft verschlingen. Sie hatten sich bis dahin über ihre Handlung keinerlei Gedanken gemacht und erkannten erst jetzt, dass sie dadurch das Eigentum eines anderen Menschen beschädigt hatten.

»Ihr könnt froh sein, dass wir Herrn Meyer mit ein paar Schnäpschen davon abbringen konnten, die Sache anzuzeigen. Ab morgen Nachmittag werdet ihr jeden Tag nach der Schule zu Herrn Meyer gehen und seinen Zaun ordentlich streichen. Die Farbe dafür könnt ihr euch aus der Garage nehmen, dort stehen noch zwei Eimer«, ordnete das Familienoberhaupt an.

»Geht klar, Paps!«

»Ja, Herr Wiesel!«

Als Franz-Josef nach unten ging, um sich nun endlich seiner Zeitung zu widmen, hörte er wie Robert erleichtert zu seinem Freund sagte: »Mensch, du hast vielleicht einen coolen Alten!«

Franz-Josef schüttelte lächelnd den Kopf. Die beiden schienen ja ihre Lektion gelernt zu haben. Aber ob ich mich wohl jemals an diese Art der Sprache gewöhnen werde ..., überlegte er geschmeichelt.

13. Kapitel

Einige Tage später saß Josi ihrem Vater in dessen Büro gegenüber und schlug gekonnt damenhaft die Beine übereinander. Verwundert dachte Franz-Josef, wo sind nur die Jahre geblieben. Es war doch erst gestern gewesen, als ihm im Krankenhaus ein kleines Bündel Mensch in den Arm gelegt wurde und sich sein Leben von Grund auf veränderte. Mal abgesehen davon, dass er zu diesem Zeitpunkt noch keinen einzigen Gedanken daran verschwendet hatte, wie die praktische Versorgung eines Babys funktionierte, bekam er einen Krampf, weil er sich nicht traute, seinen Arm zu bewegen. In der anderen Hand hielt er ein kleines Fläschchen mit einer hellen Flüssigkeit, die er vergeblich versuchte, der schlafenden Josi einzuflößen. Sobald er es mal geschafft hatte, den Nuckel zwischen die zusammengekniffenen Lippen zu schieben, spuckte die Kleine diesen nach nur wenigen Schlucken wieder aus. Auf Maria konnte er nicht zählen, da sie nach dem Kaiserschnitt noch in der Narkose lag. Also war er auf sich allein gestellt gewesen und verharrte gefühlte mehrere Stunden in der gleichen Position. Endlich erbarmte sich seiner eine nette Krankenschwester und brachte das Baby auf die Säuglingsstation. Na klasse, oben rein und unten raus! Mit dem Anzug hatte er dann nicht mehr in die Kanzlei gehen können, sodass er erst einmal wieder nach Hause fahren musste, um sich umzukleiden.

Franz-Josef schmunzelte angesichts seines Gegenübers unwillkürlich, als ihm die erste Begegnung mit seiner Ältesten gerade in diesem Moment bewusst wurde.

»Du, Papa, ich muss dringend mit dir reden. Wir müssen uns unbedingt etwas für Mama überlegen. Es ist einfach zurzeit nicht mehr mit ihr auszuhalten, so gestresst ist sie.«

»Und was, denkst du, könnten wir dagegen unternehmen, außer so gut es geht, ihr im Haushalt zu helfen?«

»Ich hab´ da so eine Idee«, kam Josi gleich zum Thema. »Ihr konntet doch in diesem Jahr wegen deiner Masern nicht in Urlaub fahren. Wie wäre es, wenn du und Mama einfach mal für eine Woche zusammen verreisen und eure Beziehung wieder ein wenig auffrischen würdet. Nebenbei bemerkt, dir bekäme das sicher auch ganz gut«, setzte sie mit einem charmanten Lächeln ihren Redefluss fort und schaute ihren Vater dabei kritisch von oben bis unten an.

Ungläubig blickte Franz-Josef zu dem erwachsenen Mädchen, das so selbstverständlich über die Beziehung seiner Eltern sprach.

»Und wie stellst du dir das Ganze praktisch vor? Glaubst du denn im Ernst daran, deine Mutter würde Haushalt und Kinder während der Schulzeit sich selbst überlassen und mit mir in Urlaub fahren? Darüber hinaus ist Robert doch noch bei uns«, erwiderte er.

»Robert ist nur noch eine Woche da, dann kommt seine Mutter wieder. Ja und mit Kathi und den Jungs habe ich schon gesprochen. Paps, wir sind doch alle keine Babys mehr«, entrüstete sich Josi. »Außerdem ist Billy ja auch noch da und Tante Thea hat sich schon bereit erklärt, für eine Woche zu uns zu ziehen. Sogar Willi war einverstanden, als er hörte, dass Tante Thea solange bei uns wohnen würde.«

»Trotzdem, ich glaube nicht, dass deine Mutter die Jungs alleine lässt, selbst dann nicht, wenn Thea im Haus wohnt!« Franz-Josef war immer noch nicht überzeugt.

»Dann lass dir mal was einfallen, wie wir Mama überreden können!« Josi schnappte sich ihre Tasche und ließ ihren völlig verwirrten Vater zurück.

Frau Wiesel beugte sich über den offenen Koffer und ging in Gedanken noch einmal alles genau durch, was sie für die Ferien einpacken musste. Beschwingt legte sie noch einige Handtücher zuoberst auf die ordentlich gefalteten Kleidungsstücke, die bereits im Reisegepäck waren.

Sie fühlte sich wie ein junges Mädchen, das erstmals ganz alleine und ohne die Eltern in die weite Welt hinausfuhr. Oder besser gesagt – in die weite Welt hinausflog. Mallorca, ich komme!

Mein Gott, dachte sie, Meer, weißer Sand und Sonne pur.

Endlich, das erste Mal seit vielen Jahren wieder alleine in Urlaub fahren.

In der letzten Zeit, wenn sie abgeschlagen von der eintönigen Hausarbeit abends noch ein wenig vor dem Fernseher saß und ihr dabei immer wieder die Augen zufielen, hatte sie sich schon mal häufiger gefragt, ob das wohl alles gewesen sei, was das Leben ihr zu bieten hatte? Immer das gleiche Einerlei. Waschen, putzen, Hemden bügeln, Essen zubereiten, den Garten in Ordnung halten. Die Kinder mit ihren Problemen und dazu auch noch der Wieselsche Zoo.

Sicher, sie liebte ihre Kinder über alles. Sie waren ihr ganzer Stolz. Aber irgendwie fehlte Maria etwas in ihrer Familie und ebenfalls zunehmend in ihrer Ehe. Vielleicht war sie jedoch einfach nur überarbeitet.

Umso mehr freute sie sich jetzt auf eine Woche Urlaub am Meer. Sich endlich einmal an einen gedeckten Tisch setzen, ohne vorher das Essen selbst bereitet zu haben. Keine Nörgelei, warum ausgerechnet das gestreifte Hemd noch nicht gebügelt sei und kein Kindergezanke, das sie schlichten musste. Nur Ruhe und Entspannung.

Zuerst wollte sie nicht so recht, als Franz-Josef ihr vorgeschlagen hatte, doch mal eine Auszeit von Haus, Garten und Familie zu nehmen.

»Schatz, ich habe in der nächsten Woche keine Gerichtstermine und kann die Büroarbeit ebenso gut von zu Hause aus erledigen. Da bietet es sich geradezu an, dass du dir währenddessen mal eine Verschnaufpause gönnst und zum Beispiel nach Mallorca fliegst, um so richtig auszuspannen. Du gefällst mir in der letzten Zeit gar nicht gut.«

Maria schaute ihren Ehegatten mit großen Augen an, so als hätte er ihr eine Reise zum Mond vorgeschlagen.

»Wie stellst du dir das vor? Ich kann weder das Haus noch die Kinder alleine lassen. Wer soll sich denn um die Kleinen kümmern? Und vom Garten ganz zu schweigen, in dem nach einer Woche das Unkraut sprießt, wie die Sommersprossen auf meiner Nase, wenn es niemand ausrupft.«

Die Sommersprossen waren ihr größtes Ärgernis, obwohl ihr Mann sie ganz entzückend fand und sie anfangs ihrer Beziehung ständig damit neckte: Ich habe dich nur genommen, weil du so süße Sommersprossen auf der Nase hast. Sie selbst fand die dunklen Punkte in ihrem Gesicht scheußlich und hatte, als sie sich mit Franz-Josef verabredete, mit mehreren Schichten getönter Sonnencreme immer wieder versucht, das Übel zu übertünchen. Sie musste lächeln, als sie daran dachte. Oh Gott, wie verliebt sie damals waren, als sie sich kennenlernten und wie glücklich, als sie schließlich geheiratet hatten und sich zuerst Josefine ankündigte und zwei Jahre später ihre Tochter Kathi geboren wurde. Als dann die Jungs noch dazu kamen, war ihre Familie komplett.

Nach langer Überredung seitens aller Familienmitglieder, manch einem kritischen Blick in den Spiegel, der ihr schonungslos mitteilte – Maria, du siehst zum Kotzen aus – und Theas Versprechen, gut auf die Kinder achtzugeben, rang sie sich zu dem Entschluss durch, es einfach mal auszuprobieren. Notfalls konnte sie ja immer noch den nächsten Flieger zurück nach Hause nehmen.

Ein fröhliches Liedchen vor sich hin summend, verschloss sie ihren Koffer.

Marias Herz verrichtete einen glücklichen Hüpfer, als sie beim Anflug auf Palma das Meer unter sich leuchten sah. Und als sie dann mallorquinischen Boden betrat, atmete sie tief den vielfältigen Duft der mediterranen Pflanzen ein. Sie hob ihr Gesicht der Sonne entgegen und spürte die milde Brise, die vom Meer her wehte, wohltuend auf ihrer Haut. Sie freute sich auf ihre Unterkunft, eine kleine Finca im Nordosten von Mallorca, und auf einen Abendspaziergang barfuß am Strand, bei dem ihre nackten Füße vom Wasser umspielt würden.

»Pardon, Señora, ist dieser Platz noch frei?«
Sie hatte sich in einen der bunt gestreiften Liegestühle am Strand gesetzt und schaute über das Meer, an dessen Horizont glutrot die Sonne stand und jeden Augenblick im Wasser zu versinken drohte. Erschrocken blickte sie auf. Sekundenlang blieb ihr die Luft weg. Vor ihr stand der attraktivste Mann, den sie glaubte, je in ihrem Leben gesehen zu haben. Vor ihr stand ... »Aber, wie ...«

»Pst!« Er beugte sich hinunter und berührte mit seinen Fingern leicht ihren Mund. »Bitte verzeihen Sie mir, wenn ich Sie erschreckt habe. Es ist ein wundervoller Abend und mich würde die Gesellschaft einer so bezaubernden Dame gerade an diesem Abend sehr glücklich machen.«

»Ja, nein, doch natürlich ...«, erwiderte sie stotternd und wurde feuerrot. Herrgott, was war nur mit ihr los? Sie benahm sich ja wie ein kleines Schulmädchen. Was sollte ER denn über sie denken?

»Sie haben ganz entzückende Sommersprossen, wenn Sie mir diese Bemerkung gestatten. Darf ich Ihnen ein Glas Champagner anbieten?« Lässig ließ er sich auf dem Liegestuhl neben ihr nieder, griff in eine mitgebrachte Kühlbox und zauberte eine Flasche Champagner und zwei Gläser hervor.

In ihrem Inneren tobte ein Vulkan und ihr Herz vollführte Luftsprünge auf und nieder, ihr wurde abwechselnd kalt und heiß, und ihre Hände zitterten, als sie das gefüllte Glas von ihm entgegennahm.

»Übrigens darf ich mich vorstellen, mein Name ist Franz-Josef.«

Räuspernd versuchte Maria, ihre Stimme wieder in den Griff zu bekommen.

»Maria«, stellte sie sich nun ihrerseits vor.

Langsam beruhigte sie sich etwas und beobachtete heimlich den Mann an ihrer Seite. Groß, breitschultrig, volles schwarzes Haar mit leicht angegrauten Schläfen, die ihn noch interessanter erscheinen ließen. Genau der Typ Mann, von dem sie ihr ganzes Leben geträumt hatte und der ihr Blut in Wallung brachte. Sie genoss die Unterhaltung mit ihm, den mit Sternen übersäten Himmel, den Champagner und diese zauberhafte Nacht am Strand. Ganz selbstverständlich schloss sie die Augen, als er sie in die Arme nahm und zärtlich küsste. Sie war wieder verliebt. Tausend Schmetterlinge flatterten in ihrem Bauch. Nie hätte sie es für möglich gehalten, dass sie dieses Gefühl noch einmal erleben würde.

Während ihres Urlaubes waren sie unzertrennlich. Sie liefen barfuß am Strand entlang. Sie mieteten einen Wagen und erkundeten die Insel. Sie durchstreiften die ausgedehnten Gärten im hügeligen Bauernland der Inselmitte mit ihren zahlreichen Obst-, Mandel- und Johannisbrotbäumen und sie erlebten ein romantisches Candle-Light-Dinner auf der von Dutzenden Fackeln erleuchteten Terrasse einer traumhaft schönen Finca, die sich verschwiegen hinter großen Bäumen verbarg, in deren Blättern die leichte Abendbrise raschelte.

Viel zu schnell flogen die Tage dahin. Maria ließ sich treiben und kostete jede Sekunde davon aus.

Entspannt lehnte sie sich in den Sitz zurück, als der Flieger nach dem Start die richtige Höhe erreicht hatte, und schloss glücklich ihre Augen.

Franz-Josef streichelte ihr sanft über den Arm. »Es war eine wundervolle Zeit. Es war genauso wie damals, als wir uns kennenlernten«, flüsterte er ihr liebevoll ins Ohr.

»Ja, das stimmt, aber was werden wohl die Kinder dazu sagen, wenn ihre Eltern nach zwanzig Jahren verliebt wie die Turteltauben nach Hause kommen«, erwiderte sie fröhlich.

14. Kapitel

Nachdem die Kinder ihre Eltern stürmisch begrüßt hatten und lauthals zum Ausdruck brachten, wie froh sie waren, dass diese im Haus nun wieder das Zepter in die Hand nahmen, zog auch Tante Thea von dannen und freute sich auf ihre ruhige kleine Zweizimmerwohnung. Mal das eine oder andere Tier der Familie zu hüten, und auch mal das eine oder andere Kind zu versorgen, war für die rüstige Rentnerin kein Problem, aber eine ganze Woche mit allen Tieren und Kindern gemeinsam in dem großen alten Haus brachte sie entschieden an ihre Grenzen. Nur gut, dass Billy ihr hilfreich zur Seite gestanden hatte.

»Hast du dich mit Tante Thea gut vertragen?«, erkundigte sich Maria bei ihrem Sohn Willi, als der sich zutraulich in ihre Arme schmiegte und sie gar nicht mehr loslassen wollte.

»Hat schon gepasst, Tante Thea ist ganz in Ordnung«, erwiderte Willi, »aber ich bin trotzdem froh, dass ihr wieder zurück seid.«

Maria gab ihm einen kleinen Nasenstüber. »Jetzt, wo wir wieder hier sind, ist es aber mit dem Schlendrian vorbei«, lächelte sie gerührt.

In den kommenden Tagen wollte sie Franz-Josefs und ihre Urlaubswäsche versorgen sowie die der Kinder und alle sonstigen, sich aufgestauten Arbeiten im Haus verrichten. Zuvor schaute sie in den Kühlschrank und legte ihr hauptsächliches Augenmerk auf eventuell verfügbare Lebensmittel. Gähnende Leere blickte ihr entgegen. Also erst einmal einkaufen gehen. Vorsichtshalber stieg sie die Kellertreppe hinunter, um nachzuschauen, was in den Regalen zu finden war. Dort waren die wenigen noch vorhandenen Vorräte übersichtlich gestapelt, obwohl sie vor ihrer Abwesenheit alle Nahrungsmittel aufgefüllt hatte. Die Meute befleißigte sich aber eines gesunden Appetits, dachte sie bei sich und machte sich auf den Weg, um einen zweiten Großeinkauf nach nur einer Woche zu bewältigen.

Mit zwei Einkaufswagen bewegte sie sich durch die Gänge des Supermarktes und füllte diese randvoll mit allem, was das Herz begehrte und dem Gaumen Freude bereitete. An der Kasse bildete sich hinter ihr eine lange Menschenschlange, die ihr nicht gerade freundlich gesinnt war. Das Spektrum der Bemerkungen schwankte zwischen: »Entschuldigung, ich habe nur ein paar Teile, würden Sie mich vorlassen« und »es muss doch nicht sein, zur Hauptgeschäftszeit solche Mengen einzukaufen.« Maria ignorierte beides. Ähnlich missfällige Bekundungen bekam die mehrfache Mutter hier und da immer mal zu hören und mittlerweile hatte sie sich dran gewöhnt. Und das in einer Gesellschaft, die eine berechtigte Befürchtung vor Überalterung hegte, überlegte sie empört.

Zu Hause versorgte sie zuerst die Lebensmittel und füllte die Regale im Keller auf. Geschafft …, dachte sie und war froh, dass sie für die nächsten vier Wochen diese Aktion erledigt hatte.

Nach knapp einer Woche ging sie erneut hinunter, da sie ein Paket Spaghetti benötigte, und blickte suchend an den Regalwänden entlang. Keine Nudeln zu sehen. Verwundert nahm sie dort, wo sie die Teigwaren vermutete, eine Dose heraus und fühlte mit der Hand dahinter. »Das gibt es doch nicht«, murmelte sie. Leer, das Fach war bis auf die erste Reihe gänzlich leer! Ohne zu zögern, kontrollierte sie alle Fächer und griff hinter die sorgfältig nebeneinandergestellten Gläser, Dosen und Packungen. Nichts, bis auf die wenigen in der vordersten Reihe waren alle Vorräte verschwunden. Maria war entsetzt. Sie eilte nach oben und rief Franz-Josef in der Kanzlei an. Vorher überprüfte sie, ob noch andere Dinge im Haus fehlten. Aber dort war alles in Ordnung und befand sich an seinem Platz.

»Bei uns ist eingebrochen worden, unsere ganzen Vorräte sind weg«, rief sie aufgelöst in den Hörer. »Soll ich die Polizei verständigen?«

Ihr Göttergatte erkundigte sich erst einmal, ob sie auch richtig nachgeschaut hatte. Typisch Mann, dachte Maria, warum sonst wohl würde sie Franz-Josef anrufen und bei der Arbeit stören, wenn es sich nicht um etwas Wichtiges handeln würde.

»Natürlich habe ich überall nachgeschaut. Alle Fenster und Türen sind ebenfalls unbeschädigt. Ich kann mir nicht erklären, wo unsere Vorräte geblieben sind.«

Franz-Josef war mit den Gedanken bereits wieder bei seinen Akten und sagte: »Es wird sich sicherlich irgendwie aufklären.«

Ärgerlich schnappte sich Maria den Autoschlüssel und fuhr zum Supermarkt, um erneut einen Großeinkauf zu tätigen.

Max stellte seinen schweren Rucksack neben sich auf den Boden und klingelte bei Theo an der Wohnungstür. Seitdem die beiden die Sache mit der Geldforderung seitens Theo geklärt hatten, waren sie zu besten Freunden geworden und übten gemeinsam für die Schule, mal bei dem einen oder dem anderen Jungen zu Hause, um nach der Grundschulzeit zusammen auf das Gymnasium zu wechseln.

»Hallo Max, Theo wird sich freuen, er ist in seinem Zimmer«, wurde der Junge von Frau Krause empfangen.

In Wahrheit war sie selbst ebenfalls ausgesprochen glücklich darüber, dass ihr Theo in Max so einen guten Freund gefunden hatte. Sie nahm sich fest vor, mit allen Mitteln zu verhindern, dass sie noch einmal umzogen, selbst wenn die Bemühungen ihres Mannes um eine geeignete Arbeitsstelle hier genauso erfolglos blieben. Dann musste die Familie eben mit wenigem auskommen.

»Ich soll Ihnen noch etwas von meiner Mutter geben.« Max wuchtete seinen prall gefüllten Rucksack auf Familie Krauses Küchentisch, nahm einige Dosen und Gläser sowie ein in Papier eingewickeltes Päckchen von der Metzgerei Klausen und zwei Pakete Spaghetti heraus und legte alles neben der Schultasche ab.

Frau Krause schlug die Hände zusammen. Sie konnte ihr Glück kaum fassen. »Oh, Max, das ist total lieb, dass du immer etwas mitbringst, wenn du zu uns kommst.« Es verschlug ihr fast vor lauter Rührung die Stimme. »Sag deiner Mutter unseren herzlichsten Dank dafür, demnächst komme ich aber selbst mal zu euch und werde mich persönlich bei ihr bedanken.« Verstohlen wischte sie sich ein paar Tränen aus den Augenwinkeln.

»Das ist nicht nötig, meine Mutter macht das gerne und ich richte es ihr ja immer aus«, bemerkte Max und verschwand in Theos Zimmer.

Theos Mutter ließ sich am Küchentisch nieder und betrachtete die Lebensmittel genauer. Als sie das Papier mit dem Schriftzug Metzgerei Klausen – Fleisch und Wurstwaren – Immer frisch auf den Tisch aufschlug, entfuhr ihrem Mund ein spitzer Schrei. Das ist bestimmt ein Versehen, dachte sie sofort.

Maria stand vor dem geöffneten Kühlschrank und starrte hinein. »Das glaub ich jetzt nicht ...«, flüsterte sie verwirrt.

»Was glaubst du nicht?«, fragte Franz-Josef, der sich gerade einen Kaffee machte, um damit wieder zwischen seinen Streitfällen abzutauchen.

»Ich glaube nicht, was ich hier sehe.«

»Was siehst du denn da?«

»Ja eben nichts ...!«, antwortete sie geschockt. »Als ich neue Vorräte gekauft habe, habe ich bei der Gelegenheit gleich zwei Kilo Gulasch vom Metzger mitgenommen und jetzt wollte ich den anbraten und der ist weg.«

»Wie weg …?« Franz-Josef wurde langsam ungeduldig. Er begann, sich allmählich Sorgen um seine Frau zu machen.

»Ja weg, einfach weg! Verschwunden! Nicht mehr da!«, keifte Maria und fuchtelte wild mit den Armen in der Luft herum.

Ihr Ehemann schaute selbst in den Kühlschrank, als würde dann wie durch ein Wunder das Paket mit dem Fleisch wieder auftauchen. Jedoch dem war nicht so. Ratlos fragte er nach, ob Maria sich ganz sicher wäre, dass sie das Gulasch tatsächlich vom Metzger mit nach Hause gebracht hatte. »Oder kann es sein, dass du aus Versehen vergessen hast, das Paket in die Einkaufstasche zu packen?«

»Möglich wäre es, dass ich es auf der Theke liegen gelassen habe«, zweifelte sie an sich selbst. Als sie die Seitentür öffnete, um zur Metzgerei Klausen zu fahren und sich dort nach ihrem Gulasch zu erkundigen, stand plötzlich Frau Krause vor ihr.

»Entschuldigen Sie bitte, Frau Wiesel, aber vorne hat niemand geöffnet.«

»Guten Tag Frau Krause, ich hab's furchtbar eilig, ich muss rasch zur Metzgerei und mein Fleisch abholen, das habe ich doch tatsächlich heute Vormittag dort vergessen mitzunehmen. Aber kommen Sie ruhig rein, vielleicht kann Ihnen mein Mann weiterhelfen.«

»Ich glaube, die Mühe können Sie sich sparen«, bemerkte Frau Krause, nahm das eingewickelte Päckchen mit Klausens Aufschrift aus der Tasche und legte es auf den Küchentisch. Man merkte ihr an, dass es ihr sichtlich peinlich war.

»Das ist mein Gulasch, aber woher ...?«, rief Maria überrascht. Sie und Franz-Josef warteten völlig perplex auf eine Erklärung, wie das Fleisch in die Hände von Theos Mutter kam.

»Wissen Sie, der Max bekommt ja bei uns zu Hause auch mit, dass es nicht sehr rosig um uns bestellt ist. Mein Mann ist arbeitslos und wir leben von Hartz IV und ... naja, es fehlt halt an allen Ecken und Enden.« Sie seufzte leise und gab sich einen Ruck beim Weitersprechen. »Deshalb fand ich es so rührend von ihm, als er die vielen Lebensmittel mitbrachte. Ich wollte mich längst einmal bei Ihnen persönlich dafür bedanken, aber irgendwie bin ich bisher noch nicht dazu gekommen und der Max hat mir auch immer versichert, dass er dies ausgerichtet hat. Er ist so ein lieber Junge und hat ein gutes Herz. Ich bin so dankbar, dass er mit meinem Theo befreundet ist.« Sie machte eine kurze Pause und tupfte sich mit einem Taschentuch über die Augen. »Aber als er heute Nachmittag das Fleisch brachte, habe ich mir gleich gedacht, dass da etwas nicht stimmen kann. Ich habe ihm nicht gesagt, dass ich hier bin, das wollte ich Ihnen überlassen. Schimpfen Sie bitte nicht mit ihm, er hat es ja nur gut gemeint.«

Es war so still in der Küche der Wiesels, dass man es hätte hören können, wenn eine Stecknadel zu Boden gefallen wäre. Franz-Josef räusperte sich und auch Maria musste ein paar Mal schlucken, um nicht auf der Stelle loszuheulen.

»Machen Sie sich keine Sorgen, wir werden nicht mit ihm schimpfen, aber reden müssen wir natürlich mit dem Schlingel.« Herr Wiesel hatte als Erster seine Sprache zurückgefunden und Maria reichte Theos Mutter das Paket mit dem Gulasch. »Mir fällt gerade ein, dass ich noch so viele Reste von gestern habe. Die müssen ja auch mal gegessen werden.« Dankbar lächelte diese Frau Wiesel an. Später, als Frau Krause gegangen war, sagte Maria zu ihrem Mann: »Dann gibt es eben heute Abend noch mal Nudeln mit Tomatensoße anstelle der Nudeln mit Gulasch.«

Abends, als Max von Theo zurückkam, nahm sie ihren Sohn in die Arme und sagte ihm, wie stolz seine Eltern auf ihn waren, dass er der Familie Krause helfen wollte. »Weißt du, Max, das ist absolut richtig, dass man bedürftigen Menschen, die mit wenig auskommen müssen, helfen soll«, erklärte sie ihm behutsam, »aber was nicht richtig ist, dass du nicht mit uns darüber gesprochen hast.«

»Die Familie tut mir so leid, weil die doch so wenig Geld haben. Und ich habe mal mitbekommen, wie Frau Krause zu Theos Vater gesagt hat, dass sie nicht mehr umziehen will, auch wenn er keine Arbeit hier finden würde, dann würde sie lieber hungern. Außerdem möchte ich nicht, dass der Theo von hier wegzieht, deshalb habe ich ihnen die Lebensmittel gebracht. Das ist doch mein bester Freund«, sprudelte es aus ihm hervor.

»Das ist auch gut gemeint von dir, aber in einer Familie muss man miteinander reden, damit man nach einer möglichen Lösung suchen kann. Papa kann sich ja mal in seiner Mandantschaft umhören, ob die viel-

leicht jemanden gebrauchen können. Du kannst immer mit allen Problemen zu uns kommen und wir versuchen gemeinsam einen Weg dafür zu finden.«
»Mach ich! Ganz bestimmt! Versprochen!«, erwiderte der Junge. Man merkte ihm an, dass ihm eine riesige Last von den Schultern fiel.

Maria drückte Max noch mal an sich und hoffte inständig, dass Herr Krause bald einen Job finden würde, damit die beiden Jungen zusammenbleiben konnten.

15. Kapitel

An den ersten mehr oder weniger zaghaft geäußerten Wünschen der Kinder merkte Frau Wiesel, dass Weihnachten wieder einmal vor der Tür stand. Weihnachten – das Fest der Liebe und Besinnlichkeit! Die Ansprüche der Kinder werden auch von Jahr zu Jahr umfangreicher, überlegte Maria, als sie sich die Wunschzettel der Wieselschen Familienmitglieder anschaute. Diese wurden mit jedem Tag mehr, je näher der 24. Dezember vorrückte. Hatte Maria sich gerade für etwas entschieden und es auf ihre lange Liste übertragen, kamen ihr am nächsten Morgen erheblich Zweifel, ob nicht doch das andere Geschenk die größere Freude bereiten würde. Über Nacht waren wie von Geisterhand neue Dinge hinzugefügt worden. Die Pinnwand war überfüllt von fantasiereich gemalten Bildern oder mit Schnörkel versehenen Blättern, die teilweise nicht ganz so fantasiereich aus den Schulheften der jüngeren Kinder stammten. Besonders Willi wusste sich auf diese Art und Weise, einen schier unendlichen Papiervorrat anzuschaffen. Zudem gestaltete sich die Erfüllung der Wünsche zusehends mit jedem Jahr schwieriger und auch teurer, je älter die Kinder wurden.

Die Träume der beiden Mädchen bewegten sich vorwiegend in der internationalen Modebranche. Hosen, Röcke, Pullis, Handtaschen und sonstige passende

Accessoires! Es kam schon einiges zusammen. Wichtig war eigentlich nur, dass die Sachen mit einem ganz bestimmten Markenzeichen versehen waren. Und zwar möglichst groß und deutlich sichtbar, damit die anderen Mädchen in der Schule sofort sehen konnten, dass man „in" war.

Bei Max und Fritz war es schon komplizierter. Ihre Wünsche kamen aus der Welt der Technik. Wii Konsole, Cyber-Monster-Spiele und Smartphone für Max – er besaß noch keins und musste bis zum nächsten Jahr warten, wenn er ins Gymnasium kam, wünschte es sich aber vorsorglich schon mal brennend – muteten im Vergleich zu Laptop, eigenem Fernseher im Zimmer und Tablet für Fritz direkt bescheiden an.

Maria selbst wünschte sich insgeheim die Jahre zurück, als man den Kindern noch mit kleinen Geschenken Jubelschreie entlocken konnte. Sie erinnerte sich mit Wehmut an die strahlenden Kinderaugen, wenn früher unter dem Christbaum ein paar Bücher oder das erste Schminkset für die Mädchen und für die Jungs eine Kiste mit bunten Legobausteinen gestanden hatte. Die Kinder waren glücklich und die Familie konnte ein zufriedenes Weihnachtsfest feiern. Sollte ein Geschenk mal nicht so ausgefallen sein, wie es sich der Beschenkte erhofft hatte, überwog die Überraschung. Dagegen ließen die Kinder mittlerweile nichts unversucht, um ihre Begehren durchzusetzen. Maria fiel ein, mit welch großer Ausdauer ihr Sohn Willi erst kürzlich imstande gewesen war, der Erfüllung seines innigsten Wunsches Nachdruck zu verleihen. Hoffentlich wünscht er sich diesmal kein Pferd, sonst haben wir ein massives Problem, dachte sie belustigt.

Es war bereits Anfang Dezember, als Maria endlich Zeit fand, die obligatorischen Weihnachtseinkäufe zu erledigen. Die Wünsche der Kinder waren schriftlich fixiert und die Wunschliste konnte abgearbeitet werden. Je nach möglicher Erfüllbarkeit und Dringlichkeit hatte die Helferin des Weihnachtsmannes entweder ein Kreuz oder ein Häkchen hinter die verschiedenen Dinge gesetzt. Erleichtert stellte sie fest, dass Willi mit einer Caracas-Bahn im Bereich ihrer Möglichkeiten lag. Schmunzelnd strich sie das Wort Caracas durch und ersetzte es mit Carrera.

Nur Kathi hatte in diesem Jahr ihren Wunschzettel noch nicht in der Küche an die Pinnwand gehängt.

Kathi blickte an sich hinunter und betrachtete kritisch ihre alten verwaschenen Jeans. Sie stellte sich vor den großen Wandspiegel in der Diele, drehte sich nach allen Seiten und rümpfte wütend die Nase. »So ein Mist!«, schimpfte sie laut vor sich hin.

»Sagtest du gerade etwas Nettes zu mir? So in der Art wie: Hallo Paps, da bist du ja, ich habe dich vermisst«, erkundigte sich Franz-Josef, der gerade nach Hause kam.

Er gab seiner Tochter einen Kuss auf die Wange und wollte gleich in die Küche, um seine Frau zu begrüßen. Allerdings hatte er die Rechnung ohne den Wirt gemacht, in diesem Falle Kathi. Sie wirbelte zu ihm herum, nahm ihn beim Arm und zog ihn ins

Wohnzimmer. »Du, Paps, ich muss unbedingt mit dir reden.«

Der Familienvorstand schaute seine Tochter erstaunt an. »Können wir das nicht beim Abendessen?«, fragte er freundlich und wollte an ihr vorbei. Kathi stand mit verschränkten Armen vor der Tür. »Nee, das geht nicht. Und überhaupt, ich komme ja nie zu Wort, wenn die Jungs dabei sind.«

Franz-Josef musste schmunzeln. Die Vorstellung, dass sich seine temperamentvolle Tochter Kathi des Gefühls bemächtigte, nie zu Wort zu kommen, erheiterte ihn. »Also gut, dann schieß los!« Er setzte sich seufzend auf das Sofa und ergab sich seinem Schicksal.

»Paps, ich brauche dringend ein paar vernünftige Klamotten. Schau dir nur mal diese Jeans an. Ich kann mich in solch ollen Sachen nicht mehr in der Schule sehen lassen. Die Girls lachen mich alle aus.«

»Das verstehe ich jetzt nicht! Wieso lachen dich die Mädchen aus? Im Übrigen hast du doch gerade erst zum Schulbeginn wieder eine neue Hose bekommen.«

»Das ist erstens schon eine Weile her und zweitens habe ich die nur genommen, weil Mom drauf bestanden hat. Bitte Paps, du müsstest mal sehen, wie die anderen Mädchen angezogen sind. Da trägt keiner so olle Aufnehmer aus dem Kaufhaus. Alle haben die tollsten Markenklamotten und Sabine hat sogar nur Designerhosen«, umschmeichelte ihn Kathi.

»Vielleicht hat der Vater von Sabine auch ein Designergehalt«, erwiderte Franz-Josef lächelnd. »Aber mal im Ernst, Kathi, besprich das bitte mit Mama. Wir können nun mal nicht für eine Hose so viel Geld ausgeben. Deine Geschwister wollen auch bekleidet werden. Und jetzt komm, ich habe Hunger.«

Mürrisch folgte Kathi ihrem Vater in die Küche.

»Weißt du, was heute Abend mit Kathi los war?«, erkundigte sich Maria später bei ihrem Mann. »Sie war so still! Das ist doch sonst nicht gerade eine ihrer hervorstechenden Eigenschaften.«

»Sie will unbedingt irgend so ein Designerdingsbums ... Designerhose. Angeblich tragen heute alle Mädchen Designermode, nur unsere arme Kathi läuft rum wie die Bettelliese. Ich habe ihr gesagt, dass sie das mit dir ausmachen soll.«

»Typisch, Mann! Immer wenn es brenzlig wird, schiebt ihr die Verantwortung weit von euch. Jetzt habe ich wieder den Schwarzen Peter!« Ärgerlich zog sich Frau Wiesel ins Bad zurück.

Tatsächlich, am nächsten Tag nach der Schule kam Kathi mit ihrer Freundin Sabine im Schlepptau nach Hause. »Mommy, schau dir doch bitte mal Sabines Hose an. Ist die nicht geil?«

Maria konnte absolut nichts „geiles" an dieser Hose entdecken. Ihrer Meinung nach war es eine ganz normale Jeans. Nein, eigentlich keine normale Jeans. Das Kleidungsstück wirkte eher schäbig und ausgefranst. Es hatte verschiedene Risse im oberen Teil der Hosenbeine. Es sah aus, als hätte jemand mit der Schere hineingeschnitten.

»Hallo Sabine. Kathi, nun fang nicht schon wieder von einer neuen Hose an. Papa hat mir bereits von gestern Abend erzählt. Es bleibt dabei! Du hast genug Hosen im Schrank, und wie du weißt, bekommst du im Gegensatz zu deinen Geschwistern viel häufiger neue Kleidung. Obendrein ist bald Weihnachten und da kommen wieder ziemlich hohe Ausgaben auf uns zu.«

Später, nachdem Sabine nach Hause gegangen war, drückte sich Kathi in der Küche herum. Sie nahm sich ein Geschirrtuch und wienerte völlig unnötig die Spüle blank. »Mommy, ich wollte ...«
»Kathi, nicht schon wieder das leidige Thema!«
»Aber Mom, ich bin die Einzige in der ganzen Klasse, die wie eine arme Kirchenmaus aussieht. Alle Mädchen haben die tollsten Klamotten, nur ich nicht!« Kathi stampfte trotzig mit dem Fuß auf. Sie schleuderte das Tuch in die nächste Ecke. Dann drehte sie sich um und verließ lautstark protestierend den Raum.

Maria bekam ein schlechtes Gewissen und überlegte, ob sie nicht zu streng mit dem Mädchen war. Wenn Kathi nun tatsächlich aus der Klassengemeinschaft ausgegrenzt würde, nur weil sie keine Markenkleidung trug, würde es ihr das Mutterherz zerreißen. Aber wo sollte das andererseits hinführen, wenn sie für alle Kinder so teure Garderobe kaufen würde? Franz-Josef war selbstständig und Alleinverdiener. Mit seiner Anwaltskanzlei konnte er der Familie zwar ein regelmäßiges Auskommen sichern, jedoch verschlechterte sich seit ein paar Jahren die allgemeine wirtschaftliche Situation in zunehmendem Maße. Es wurde von Jahr zu Jahr schwieriger, ohne ein weiteres

Einkommen alle Kosten der Großfamilie zu bestreiten. Die Preise schossen laufend in die Höhe, während die Gehälter der Menschen kaum eine Steigerung erfahren hatten. Es tat Maria in der Seele weh, Kathis Wunsch abzuschlagen, aber sie mussten nun mal mit dem vorhandenen Geld haushalten. Dabei ging es ihnen im Vergleich zu anderen noch gut. Sie dachte an Max' Freund Theo, dessen Vater arbeitslos war. Seufzend wandte sich Maria erneut ihrer Tätigkeit zu.

Franz-Josef schaute auf seine Armbanduhr. Zwanzig Minuten blieben ihm noch, bevor er wieder im Büro sein musste, damit er zu der Besprechung nicht zu spät kam. Er konnte den Mandanten nicht warten lassen, ohne Gefahr zu laufen, dass dieser sich einen anderen Anwalt suchen würde.

Schnellen Schrittes lief er, immer zwei Stufen auf einmal nehmend, die Rolltreppen bei Charme & Chic, dem größten Kaufhaus am Ort, nach oben. In der Abteilung für „Junge Mode" sah er sich hilflos nach einer Verkäuferin um. Eine junge Dame kam lächelnd auf ihn zu.

»Die Herrenabteilung ist ein Stockwerk tiefer!«, klärte sie Herrn Wiesel auf.

»Ich, äh … Nein … Ich suche nichts für mich. Ich suche eine Jeans für meine Tochter. Um genau zu sein, eine sogenannte Designerjeans!«

»Welche Größe darf ich Ihnen zeigen?«, erkundigte sich die freundliche Verkäuferin.

»Ach ja, die Größe. Die weiß ich eigentlich nicht so genau!«, erwiderte er unschlüssig.

»Wie alt ist denn Ihr Fräulein Tochter?«, fragte sein Gegenüber weiter.

»Na ja, sie ist fünfzehn und ungefähr so groß.« Franz-Josef zeigte mit der Hand an seine Stirn.

Die Verkäuferin, die sich nicht vorstellen konnte, dass ein Teenager sich vom Vater einkleiden ließ, ohne die Sachen wieder umzutauschen, schüttelte den Kopf und bemerkte, dass es wohl in dem Fall besser wäre, wenn seine Tochter zum Einkaufen mitkäme, denn ohne genaue Konfektionsgröße könne sie leider nichts für ihn tun.

»Guten Tag, Herr Wiesel. Kann ich irgendwie behilflich sein.«

Erfreut blickte Franz-Josef auf Sabines Mutter, die mit etlichen Kleidungsstücken über dem Arm auf dem Weg zur Kasse war.

»Hallo Frau Müller! Das ist ja wunderbar, dass wir uns hier treffen. Ich suche eine Jeans für Kathi. Allerdings weiß ich die genaue Größe nicht. Außerdem muss es auch eine Designerjeans sein, was immer das bedeuten mag. So eine, wie Ihre Sabine trägt. Gibt es so was überhaupt hier?«, flüsterte er mit einem Blick auf die Kleidung, die über Frau Müllers Arm hing.

Sabines Mutter lachte schallend.

»Ja, ja, aus unseren Kindern werden so langsam junge Damen. Lassen Sie mich nur machen. Die Mädchen haben ja ungefähr die gleiche Größe. Ich suche etwas Geeignetes für Kathi aus und dann werden wir die Hose schon designermäßig herrichten. Ich mache das mit Sabines Hosen immer so.«

Franz-Josef erweckte wohl einen ziemlich verwirrten Eindruck bei Frau Müller.

»Nun schauen Sie nicht so verdutzt«, fügte sie deshalb verschmitzt hinzu. »Ein paar Applikationen hier, ein paar gekonnt ausgefranste Schnittstellen dort und schon sieht es aus wie eine topmodische Designerjeans. Man muss dem „Kind" nur einen passenden Namen und das richtige Aussehen verleihen. Wenn Sie heute Abend auf dem Nachhauseweg bei mir vorbeischauen, können Sie die Hose für Kathi gleich mitnehmen.«

Franz-Josef bedankte sich und beeilte sich, um pünktlich zu seinem Termin zu kommen.

Nach Büroschluss klingelte er bei Müllers und nahm eine Tragetasche in Empfang. Verwundert blickte er auf den fremden Aufdruck.

»Ich habe die Hose umverpackt«, sagte Frau Müller augenzwinkernd, als sie Franz-Josefs erstaunten Blick sah, »damit Kathi nicht merkt, dass es sich dabei um ein Kleidungsstück von Charme & Chic handelt.«

Kathi freute sich riesig über ihre neue Designerjeans und fiel ihrem Vater stürmisch um den Hals. »Paps, du bist doch der Beste!«, rief sie und strahlte über das ganze Gesicht. »Aber woher wusstest du denn, welche Hose ich mir wünsche?« Unvermutet gab sie Franz-Josef wieder frei, drehte sich im Kreis herum und hielt die Jeans wie eine Trophäe hoch über den Kopf. Dabei vollführte sie ganz nach Indianerart einen ekstatischen

Tanz, während sie sich mit der freien Handfläche mehrmals leicht auf den Mund schlug: »Uahh, uahh, uahh!« Völlig undamenhaft ließ sie sich anschließend auf den Hosenboden plumpsen und wechselte in Windeseile die alte Jeans mit dem neuen Designerstück.

»Ich habe in der Stadt Sabines Mutter getroffen und die hat mich netterweise beraten«, erklärte der stolze Vater.

Von dem Geschrei angelockt, tauchte Willi mit Kater Schnurr auf dem Arm auf. »Mama, Kathis Jeans ist kaputt und mit mir schimpfst du immer, wenn ich mal einen Riss in der Hose habe«, petzte er sogleich und zeigte mit dem Finger auf Kathis Beine.

»Du hast keinen blassen Schimmer. Das ist „in"! Man trägt das heute so!«, konterte die junge Dame.

Mit strafendem Blick sah Maria ihren Mann an, weil dieser ihr in den Rücken gefallen war und so eine teure Hose für Kathi gekauft hatte. Sie war aufgebracht und fühlte sich von Franz-Josef hintergangen, sagte aber nichts weiter dazu, um dem Mädchen nicht die Freude zu verderben. Natürlich beruhigte sie sich sofort wieder, als er ihr später verriet, wie aus einer ganz normalen Jeans eine Designerjeans wurde.

16. Kapitel

Seit ein paar Tagen schneite es nahezu ununterbrochen. Es war eisig kalt. Nach der Vorhersage des Wetterdienstes zu urteilen, würde es noch zu weiteren Minusgraden kommen. Die Schneeräumfahrzeuge waren Tag und Nacht im Einsatz und in einigen Städten wurden sogar die Streumittel knapp. Für Kinder und eine Menge von Menschen bedeutete so ein Wetter in der Vorweihnachtszeit den Traum vom Winterwunderland schlechthin, da es ganz danach aussah, als gäbe es in diesem Jahr weiße Weihnachten. Für Maria jedoch waren die letzten Wochen vor dem Fest ein nie zu Ende gehender Albtraum, deshalb verschwendete sie keinen einzigen Blick an die leuchtende Pracht. Die Aufgaben in ihrer Großfamilie stellten die Mutter von fünf Kindern vor eine außergewöhnliche Herausforderung. Nicht dass sie sich beklagen wollte, aber so manches Mal hatte sie spaßeshalber die Möglichkeit erwogen, einfach ihre Koffer zu packen und irgendwohin auszuwandern. Australien ist auch ganz schön und vor allen Dingen ganz weit weg, überlegte sie amüsiert im Stillen. Außerdem gab es dort keine quengelnden und sich ständig streitenden Kinder an ihrem Rocksaum. Sie dachte sehnsüchtig an die Woche Mallorca zurück, in der sie mit Franz-Josef in trauter Zweisamkeit die Ruhe genossen hatte. Einzig und allein der Umstand, dass es in den meisten anderen Familien um diese Zeit wahrscheinlich vergleichbar aussah, und die

Liebe zu ihren Kindern sowie deren durch unzählige Gesten gezeigtes Vertrauen, tröstete sie einigermaßen über ihr Schicksal hinweg und hatte sie unverrichteter Dinge im Schoß der Familie verbleiben lassen. Denn es gab in ihren Augen kein zärtlicheres Gefühl in all den Jahren, als kleine Patschhändchen im Gesicht zu verspüren und ein glückliches Kinderlachen zu hören, sowie die Verbundenheit in der Familie zu empfinden. Dem hätte Australien nichts entgegenzuhalten gehabt.

Allerdings beschlich sie während der Vorweihnachtszeit beständig die Vermutung, um ein Vielfaches mehr belastet zu werden, als es sonst in der gesamten übrigen Zeit des Jahres geschah. Sie musste nicht nur die obligatorische Mehrarbeit in Form von Kuchenspenden für Kirchenbasar und Schule bewältigen, welches die angeblich geruhsame Advents- und Weihnachtszeit üblicherweise mit sich brachte, sondern wurde zusätzlich noch von einem erheblich höheren Lärmpegel zermürbt, der sich im Allgemeinen innerhalb des Hauses und zumindest während der Sommermonate in erträglichen Grenzen bewegte. Jedoch nicht bei schlechtem Wetter und grundsätzlich nicht vor irgendwelchen Feiertagen und schon gar nicht kurz vor Weihnachten. Dann nämlich hielten sich die Kinder vorwiegend daheim auf und brachten ihre Freunde kurzerhand mit, denn sie waren zartfühlend genug, die Nerven anderer Mütter in der näheren Umgebung zu schonen. Mit verdreckten Stiefeln ging es treppauf und treppab, als ob gerade eine Horde Elefanten durchs Haus trampeln würde. Zudem fand die Kommunikation überwiegend schreiend von oben nach unten, durch Wände hindurch und bei geschlossenen Türen statt.

»Mama, Mamaaaaa ..., ich brauche Geld für Papas Weihnachtsgeschenk.«

»Interessant, ich auch. Und im Gegensatz zu mir hast du doch jede Woche Taschengeld bekommen!«

»Mami, wo sind meine roten Socken?«

»Entweder in der Waschmaschine oder auf der Leine oder in deinem Schrank!«

»Mom, ich finde meine graue Strickjacke nicht.«

Und, und, und ...

So oder ähnlich verlief es fast den ganzen Tag über. Auch wieder mal am heutigen Morgen. Und ausgerechnet heute war Maria zum Adventskaffee eingeladen. Dieser Adventskaffee war im Laufe der Zeit zur Tradition geworden und fand jedes Jahr bei einer anderen Familie in der Nachbarschaft statt.

Zwar war sie überaus gestresst und hatte von daher absolut keine Lust auf Getratsche zum Nachmittagskaffee, aber da die Schneiders zu ihren besten Freunden zählten, wollte sie diese nicht vor den Kopf stoßen und hatte zugesagt. Zumal es Frau Schneider gewesen war, die ihnen seinerzeit den Tipp gab, doch mal bei Herrn Berger wegen einer eventuellen Vermietung des Hauses anzufragen, denn seitdem dessen Sohn mit der Familie nach Amerika ausgewandert war, stand es leer. Der Eigentümer hatte bis dahin noch keinen Mieter oder Käufer finden können, wohl nicht zuletzt deshalb, weil es ein sehr altes Haus war und ständig mit irgendwelchen reparaturbedürftigen Stellen aufwartete. Dafür war es aber viel geräumiger als ihre vorherige Wohnung, die aus drei Zimmern bestanden hatte. Da sie damals wieder einmal Familienzuwachs erwarteten, war der Vorschlag genau zum richtigen Zeitpunkt gekommen.

Maria musste sich an diesem Morgen doppelt beeilen, denn Frau Schneider legte äußersten Wert auf Pünktlichkeit. Daher stand ihr für die normale Hausarbeit weniger Zeit zur Verfügung. Gleich, nachdem alle Kinder abgefüttert waren und sich auf den Weg zur Schule gemacht hatten, lief sie hinunter in den Keller. Automatisch sortierte sie die auf dem Boden liegenden Wäschestücke farblich passend auf unterschiedliche Haufen, stellte die Waschmaschine an, hastete im Eiltempo zurück nach oben und nahm sich der Reihe nach die Zimmer der Kinder vor – Staubwischen, Staubsaugen, die Badezimmer reinigen, Treppe rauf und Treppe runter. Im Keller die saubere Wäsche aus der Maschine herausnehmen, die schmutzigen Jeans der Jungen wiederum in die Maschine hineingeben. Jetzt noch den richtigen Waschgang einstellen. Mit der gewaschenen Wäsche im Korb nach oben auf den Speicher und die Kleidungsstücke auf die Leine hängen. Wieder hinunter ins Erdgeschoss und den Frühstückstisch abdecken. Geschirr in die Spülmaschine einräumen ... Puh, das wäre geschafft! Geschwind hatte sie am Vormittag die täglichen Arbeiten in viel kürzerer Zeit erledigt, als sie sonst dafür benötigte. Trotzdem wurde es nun höchste Eisenbahn, das Mittagessen für die Familie vorzubereiten, damit ihr perfekt berechneter Zeitplan nicht doch noch ins Wanken geriet. Ihr Herz raste. Einmal kurz durchschnaufen und weiter ging es: Gemüse putzen und schneiden, mit Wasser in den großen Topf und auf den Herd damit, Kartoffeln schälen und würfeln, hinzugeben und abschmecken. Sie kochte der Einfachheit halber eine Suppe, die von den Kindern nach der Schule problemlos aufgewärmt werden konnte.

Nervös schaute Maria auf die Küchenuhr. Oje, die Zeiger standen mittlerweile auf 14:00 Uhr. Jetzt musste sie sich aber sputen, denn sie wollte noch in der Stadt eine kleine Aufmerksamkeit für Frau Schneider besorgen. Rasch schlüpfte sie in den Mantel und zog sich ihre warmen Stiefel an. Ein kurzer Blick in den Spiegel bestätigte – ihre Frisur war in Ordnung.

Ziemlich abgehetzt, dennoch fast pünktlich um 15:10 Uhr stand sie bei ihrer Freundin vor der Tür. Das Haus der Schneiders lag zurückgebaut in einem großen parkähnlichen Garten im teuersten Wohnviertel der Stadt. Im Sommer blühten dort passend zur Jahreszeit alle möglichen Sträucher in leuchtenden Farben und jetzt im Winter wirkte es wie ein Märchenschlösschen aus einem Hochglanzprospekt. Das Dach des mit zwei kleinen Türmen gebauten Fachwerkhauses trug eine glitzernde Schneehaube und die Fenster zierten eine aufwendige Adventsdekoration. Unterhalb der Simse hingen lange Eiszapfen, die den Eindruck hinterließen, als handele es sich um den Palast der Eisprinzessin. Der Weg zum Eingangsbereich war sauber vom Schnee befreit, der ordentlich in kleinen Hügeln rechts und links aufgeschichtet lag. Alles dort war sehr gepflegt. Das Haus, der Garten und Frau Schneider selbst auch. Kunststück, dachte Maria, wenn man keine Kinder und genügend Personal hat! Erschrocken über sich selbst wischte sie solche missgünstigen Gedanken auf der Stelle weg, denn gerade der Umstand, dass ihre Freundin kinderlos geblieben war, ließ sie ehrliches Mitgefühl empfinden und sie würde um nichts in der Welt mit dieser tauschen wollen.

»Grüß dich, meine Liebe. Komm bitte herein. Die anderen sind bereits da. Wir können sofort Kaffee trinken«, wurde sie von Frau Schneider mit einem verärgerten Blick auf die exklusive Armbanduhr empfangen. Frau Schneider hasste Unpünktlichkeit.

Maria betrat das Wohnzimmer und begrüßte die übrigen Damen, die an der weihnachtlich gedeckten Tafel saßen. Es waren außer ihr noch fünf Frauen aus der Nachbarschaft eingeladen.

»Maria, gib mir bitte deinen Mantel. Ich nehme ihn mit an die Garderobe.« Die Hausherrin stand hinter ihr und wartete ungeduldig darauf, dass sie sich den Mantel auszog.

»Ach ja, natürlich! Entschuldigt bitte, ich bin noch etwas außer Atem. Es war mal wieder ein hektischer Vormittag. Ihr könnt euch gar nicht vorstellen, welches Chaos mich erwartet, sobald meine Familie das Haus verlassen hat.«

Während Maria der Kaffeerunde erzählte, wie hektisch dieser Vormittag verlaufen war, knöpfte sie sich den Mantel auf und schälte sich umständlich aus dem Bekleidungsstück heraus.

Die Augen der Anwesenden wurden tellergroß. Sie musterten Maria von oben bis unten, bevor sie sich gegenseitig verblüfft ansahen. Plötzlich brachen sie in schallendes Gelächter aus. Manche Damen prusteten nicht gerade „ladylike" in ihre Hände, die sie sich vor das Gesicht hielten. Die Begeisterungsstürme schienen kein Ende nehmen zu wollen. »Nein Maria! Wirklich sehr schick! Du hast ein todschickes Kleid an. Ist das etwa Haute Couture?« Überschwänglich betonten die Frauen jedes Wort.
Verständnislos schaute Maria ihre Freundinnen der Reihe nach an. Dann blickte sie an sich hinunter. Was sie dort sah, ließ abwechselnd eine Farbscala sämtlicher Rottöne über ihr Gesicht laufen. »Oh Gott, wie peinlich ist das denn!«, rief sie entsetzt. In der morgendlichen Hast hatte sie doch tatsächlich vollkommen vergessen, sich anzukleiden und stand nun in einem rosa geblümten Nachthemd da.

Nachdem sich die anwesenden Damen beruhigt und Frau Schneider ihre Freundin in die oberen Räumlichkeiten mitgenommen hatte, damit Maria dem Anlass entsprechend etwas Passendes zum Anziehen aus dem Kleiderschrank der Gastgeberin aussuchen konnte, kehrte die Kaffeerunde zu normalen Gesprächsthemen zurück. Unter normalen Gesprächsthemen verstanden die Frauen, sich in den besonderen Fähigkeiten ihrer Kinder zu suhlen. Bis auf Frau Schneider waren alle von Beruf Mütter.
»Unser Sohn ist vorige Woche vor der ganzen Klasse gelobt worden, weil er in der Mathearbeit die beste

Note geschrieben hat. Er wird wohl Mathematik studieren.«

»Unsere Julia spielt mit ihren drei Jahren schon eigene kleine Kompositionen auf dem Klavier.«

»Stellt euch vor, Frau Petrovna, Sarahs Ballettlehrerin hat uns mitgeteilt, dass unsere Tochter das Talent besitzt, um eine Primaballerina zu werden. Das hat sie sicher von mir geerbt.«

Maria ließ das Gespräch an sich vorüberplätschern und hörte kaum noch zu.

»Maria, du sagst ja gar nichts, was machen eigentlich deine Kinder?«, wurde sie unvermittelt angesprochen.

Hilfe suchend sah sie zu Frau Schneider hinüber und stöberte fieberhaft in Gedanken nach besonderen Fähigkeiten der Kinder. Aber sie konnte mit nichts dergleichen aufwarten. Sicher, Josi durfte in der Theater AG mitspielen, vielleicht war sie ja als Schauspielerin talentiert, Kathi war sehr redegewandt und sportlich, vielleicht würde sie mal Moderatorin werden oder im Team einer Korbballmannschaft glänzen. Die beiden Jungs, Fritz und Max waren sehr neugierig auf alles, was mit Wissenschaft und Forschung zusammenhing, aber ob daraus etwas würde, blieb abzuwarten. Ja, und ihr kleiner Willi war besonders tierlieb. Ihre Kinder waren nun mal keine Einsteins oder Mozarts, sie waren ganz normale und wundervolle Kinder, überdies liebte sie jedes einzelne, so wie es war, auch wenn sich keinerlei Hochbegabung bei ihnen abzeichnete. Was sollte sie also zur Unterhaltung beisteuern?

Es widerstrebte ihr zutiefst, sich mit den Erfolgen ihrer Kinder zu brüsten und sie wusste nicht so recht, wie sie auf die Frage reagieren sollte. Auf einmal fiel ihr jedoch etwas ein und sie legte sogleich los.

»Ja, meine Damen, da kann ich mit unseren Kindern wohl kaum mithalten, aber unser Willi wird bestimmt mal eine große Karriere an der Börse hinlegen und ein bedeutender Broker an der Wall Street werden, denn er hat ein außergewöhnliches Verkaufstalent«, übertrieb sie maßlos.

»Ach Gott, Maria, das scheint mir aber kein besonderes Talent zu sein und außerdem, woran willst du dies denn erkennen?«, fragte Julias Mutter pikiert.

»Nun ja, mit seinen erst sieben Jahren verscheuert Willi jetzt schon unser Silber und unseren gesamten Hausrat auf dem Flohmarkt«, erzählte Maria schmunzelnd in die Runde.

Die Luft war zum Zerreißen gespannt und die Situation ungeheuer heikel. Alle blickten schockiert auf das Kuchenstück, das auf ihrem Teller lag, doch als den Frauen bewusst wurde, wie überkandidelt die Schilderungen von ihren eigenen, als Superkinder dargestellten Sprösslingen geklungen hatten, lachten sie herzhaft mit. Maria atmete erleichtert auf und blinzelte der Gastgeberin zu. Sie war heilfroh, dass dieser perfekt organisierte Adventskaffee durch ihre spitze Bemerkung nicht abrupt beendet wurde.

»Es tut mir furchtbar leid«, wandte sie sich beim Abschied an ihre Freundin, als die anderen bereits gegangen waren. »Hoffentlich habe ich die Damen jetzt nicht für immer vergrault.«

»Mach dir keine Gedanken«, erwiderte Frau Schneider, »manchmal ist es ganz heilsam, einen Spiegel vorgehalten zu bekommen. Dieses ewige Gehabe, welches Kind wohl schlauer und begabter als das andere sei, geht mir schon länger auf die Nerven.«

An der Türschwelle drehte sich Maria noch einmal um. »Ab Morgen werde ich sowieso in aller Munde sein als schrullige Mode-Ikone, die zum Adventskaffee ein rosa Nachthemd mit Blumenmuster trägt«, bemerkte sie sarkastisch.

17. Kapitel

Auch die Geschichte mit dem alljährlichen Weihnachtsbaumkauf entpuppte sich für Maria als keineswegs so lustig. Ihr Bedarf an Vorweihnachtsstress in diesem Jahr war reichlich gedeckt, doch trotz intensivsten Grübelns wusste sie keinen Rat, wie sie aus dieser eingefahrenen Tretmühle herauskommen sollte. »Jedes Jahr das gleiche Theater«, seufzte sie, als sich auch in diesem Jahr erneut ein endloser Disput über Art und Weise des zu kaufenden Tannenbaumes abzeichnete. Durch die Anrufung des Familienrates sollten eigentlich derartige Debatten zur Zufriedenheit aller geschlichtet werden. Soweit der Plan ...

Es gestaltete sich hingegen äußerst schwierig, in einem Haushalt mit sieben Personen eine Einigung herbeizuführen. Jeder Einzelne verfügte über eine andere Auffassung, wie der Tannenbaum aussehen sollte, unter dem der Betreffende das bevorstehende Weihnachtsfest angemessen feiern wollte. Maria hätte in dieser Hinsicht besser daran getan, ihre Familie von Anfang an diktatorisch zu erziehen, so nach dem Motto: Es wird nur eine Meinung akzeptiert, nämlich meine. Jedoch anstelle dessen hatte sich auf der einen Seite eine stark ausgeprägte revolutionäre Linie gebildet, die sich für ein Kieferngehölz mit langen seidigen Nadeln aussprach, während auf der anderen Seite die konservativen Vertreter standen und die altbewährte

Fichte bevorzugten. So ging es in einem fort und die gegensätzlichen Standpunkte prallten ergebnislos aufeinander. Aber leider wurde dann nicht liberal mit demokratischer Abstimmung entschieden, sondern die jüngeren Familienmitglieder versuchten, ihr vermeintliches Recht mit entsprechender Lautstärke durchzusetzen. Je lauter und je mehr Geschrei, desto näher glaubte jeder von ihnen, den eigenen Vorstellungen vom Aussehen des zu kaufenden Christbaums zu kommen.

Das muss anders werden, überlegte Maria im Stillen, denn das halten meine Nerven bis Weihnachten einfach nicht durch. Um weiteren Zankereien aus dem Wege zu gehen, wollte sie die Familie vor vollendete Tatsachen stellen. Sie bat ihren Vermieter doch so freundlich zu sein und eine schön gewachsene, große Edeltanne zu besorgen.

Eine Woche vor Weihnachten stand die Tanne bei Herrn Berger im Schuppen. Die Auftraggeberin war nach erfolgter Besichtigung begeistert von der natürlichen Schönheit des Gewächses. Um aber Diskussionen und vor allen Dingen ablehnende Bekundungen seitens ihrer Familie zu vermeiden, erzählte sie niemandem von der Existenz des Baumes. Damit begann eine mittelschwere Katastrophe, die von der Hausherrin zu diesem Zeitpunkt nicht vorhersehbar und auf gar keinen Fall in dieser Form beabsichtigt war.

Fritz, Max und Willi waren sich untereinander einig geworden, die leidige Angelegenheit in die eigenen Hände zu nehmen und ihren Weihnachtsbaum selbst auszusuchen. Schließlich sollte es ein cooles Fest mit einem großen, strahlenden Lichterbaum werden. Außerdem musste er breit genug sein, damit die Geschenke darunter genügend Platz fanden. Im Übrigen vertraten sie die Meinung, wenn der Baum erst einmal da war, würden sich die anderen Familienangehörigen gewiss damit abfinden. Immerhin war der männliche Teil in der Überzahl, wobei sie automatisch Franz-Josef auf ihrer Seite wähnten. Ohne die Sache auf die lange Bank zu schieben, leerten sie ihre Spardosen und zogen gemeinsam los, um einen geeigneten Tannenbaum zu kaufen. Das war aber nicht so einfach, wie sie es sich vorgestellt hatten, denn bis sie den richtigen fanden, verging eine gute Stunde.

»Der ist zu klein und die Spitze ist abgebrochen«, jammerte Willi.

»Bei dem hier liegen die Zweige zu weit auseinander«, bemerkte Fritz.

»Und er ist sowieso zu teuer«, ergänzte Max mit Blick auf das Preisschild einer besonders großen Blautanne.

Beharrlich ließen sie sich andere Gehölze zeigen und begutachteten diese fachmännisch. Die ohnehin strapazierten Nerven des Weihnachtsbaumverkäufers lagen nahezu blank. Endlich konnte er ihnen eine Tanne zeigen, die den Vorstellungen und prüfenden Blicken aller drei Jungen genügte. »Ja, den nehmen wir!«, erklärten die Buben übereinstimmend.

Dann kam die bedeutend schwierigere Frage des Transportes. Max zog sich seine Handschuhe an. Entschlossen packte er die Nordmanntanne am Stumpf, während Fritz die Spitze nahm. Der kleine Willi lief vor den beiden her und hielt gestikulierend die Autos an, bevor sie die Straße überquerten. Willi war auch derjenige, der vorauslaufen musste, als sie in die Nähe ihres Hauses kamen. Er schaute nach, ob die Luft rein war, und machte seinen beiden Brüdern die Kellertür auf. Es war ein ganz schönes Stück Arbeit, den wuchtigen Baum die steile Treppe hinunter zu schleppen. Sie stellten ihn hinter das Regal mit Koffern und Taschen, wo er nicht direkt ins Auge fiel. Nur gut, dass anscheinend niemand zu Hause war.

Kathi schaute nervös auf die Uhrzeit in ihrem Handy. Sie saß bei Cortina, dem italienischen Eiscafé und wartete auf Josi. Diese hatte ihr heute Morgen beim Frühstück zugeraunt: »Um 13:00 Uhr im Cortina!«

Kathi war total neugierig, aus welchem Grund ihre Schwester so geheimnisvoll getan hatte. Normalerweise fühlte sich Josi viel zu erwachsen, um sich mit solch jungem Gemüse, wie sie Kathi bezeichnete, zu verabreden. Deshalb war das Mädchen ungeheuer gespannt, welches Rätsel sich dahinter verbarg. Endlich kam Josi zur Tür herein. Sie schaute sich suchend um. Kathi sprang auf und winkte der Eintretenden von ihrem Tisch aus zu.

Nachdem Josi ihren Mantel an die Garderobe gehängt hatte, kam sie gleich ohne Umschweife auf das brisante Thema zu sprechen. »Kathi, du wirst mir recht geben müssen, dass eine Weihnacht ohne einen akzeptablen Tannenbaum keine schöne Weihnacht ist. Und du erinnerst dich sicher noch an die letzten Jahre, in denen die ewige Diskutiererei dazu führte, dass in letzter Minute irgendein Baum, egal wie er aussah, gekauft wurde. Bloß, damit wir überhaupt einen hatten. Ich bin dafür, wir beide sollten diesmal für einen geeigneten Christbaum sorgen!«

»Das wäre nicht schlecht«, meinte Kathi, »dann bekommen wir zumindest einen, der uns gefällt. Aber was werden Paps und Mom und vor allen Dingen die Jungs dazu sagen?«

»Das habe ich mir gut überlegt. Wir werden ihnen vorher nichts davon erzählen. Wenn der Baum erst da ist, werden sie schon zufrieden damit sein.«

Kathi war begeistert. Sie fand, das war mal eine richtig gute Idee, die Josi vorgeschlagen hatte. Die beiden tranken ihre heiße Schokolade aus, bezahlten und machten sich vergnügt auf den Weg. Es dauerte nicht lange und sie hatten eine schöne Fichte ausgesucht. Diese war zwar etwas klein, dafür aber kerzengerade gewachsen und hatte zudem dichte, weit ausladende Zweige, die einen angenehmen Duft verströmten.

»Das riecht wie im Wald«, freute sich die naturverbundene Josi.

Zu Hause versteckten die Mädchen ihren Weihnachtsbaum in der Garage unter alten Planen. Einen Tag vor Heiligabend, wenn ihre Mutter üblicherweise einen Baum kaufen ging, um diesen dann abends zu schmücken, wollten sie ihre Überraschung platzen lassen.

Herr Wiesel machte sich auch bereits seit mehreren Tagen Gedanken über einen ordentlichen Christbaum. Er dachte an die Jahre zuvor. Wie viele verkrüppelte

Weihnachtsbäume hatten sie doch schon gehabt. Trotzdem musste man der Wahrheit die Ehre geben, egal wie schief und krumm die Tannen gewesen waren, wenn sie geschmückt und im Glanz ihrer Lichter erstrahlten, sahen sie doch immer wieder wunderschön aus. Kurz entschlossen griff er zum Telefonhörer und wählte die Nummer von Mertens.

Mertens war eine Baumschule am Ortseingang. Herr Wiesel verlangte den Chef persönlich zu sprechen und bestellte eine schöne, gut gewachsene Edeltanne mit Erdballen. Diese sollte am Tag vor Heiligabend geliefert werden.

Es ist zwar etwas teurer, eine Tanne mit Erdballen zu nehmen, überlegte Franz-Josef, aber so kann man sie wenigstens nach Weihnachten in den Garten pflanzen und sie fällt nicht dem Holzbeil zum Opfer.

Er freute sich diebisch auf die verdutzten Gesichter seiner Familie.

Am Tag vor Heiligabend warfen sich die Jungs heimliche Blicke zu und zappelten aufgeregt mit den Beinen unter dem Tisch.

Auch die beiden Mädchen konnten kaum noch still sitzen. Flink liefen sie nach dem Frühstück in die Garage und zogen ihren Tannenbaum unter den Planen hervor. Gemeinsam trugen sie ihn ins Haus. Die Überraschung war ihnen wirklich gelungen, denn sie blickten rundherum in verdutzte Gesichter, die wie versteinert auf den Gegenstand in den Händen der Mädchen starrten. Sie selbst machten aber auch nicht gerade ein sehr geistreiches Gesicht, als sie mit der Fichte den Jungs gegenüberstanden, die mittlerweile ebenfalls die Nordmanntanne aus dem Keller geholt hatten.

Der Hausherr räusperte sich, doch bevor er etwas sagen konnte, klingelte es lang anhaltend an der Haustür.

Oje, dachte Maria entsetzt, das wird Herr Berger mit meinem Baum sein.

Sie lief eilig an die Tür und öffnete. Vor ihr stand Herr Mertens von der Baumschule, eine Edeltanne mit Erdballen neben sich.

Im gleichen Augenblick bog Herr Berger um die Ecke und hatte offensichtlich Schwierigkeiten, ihre schöne große, gerade gewachsene Nobilistanne zu transportieren.

18. Kapitel

Endlich war es so weit. Der Stress der letzten Tage gehörte der Vergangenheit an. Die Päckchen waren gepackt und der Weihnachtsbraten schmorte auf dem Herd. Maria hatte die Kochplatte auf ganz kleine Hitze gedreht, damit das Fleisch für das Festmahl schön zart wurde. Für Josi hatte sie Kartoffel-Kürbis-Suppe und gefüllte Blätterteigtaschen mit Schafskäse vorbereitet. Zum Dessert würde es Willi zuliebe Muffins mit selbst gemachtem Schokoladenpudding geben.

Im Wohnzimmer sollten am Abend zwei geschmückte Tannenbäume in festlichem Kerzenlicht erstrahlen. Den einen hatten Willi, Max und Fritz mit kleinen bunten Holzfiguren behängt, den anderen hatten Josi und Kathi mit roten Kugeln sowie kunstvoll verteiltem Lametta gestaltet. Es wirkte wie ein dichter Goldregen, der an den Zweigen entlangrauschte. Ein Baum stand mit einer Lichterkette versehen draußen auf der Terrasse im Topf und würde nach Weihnachten in den Garten gepflanzt werden und die kleine Fichte hatte einen Platz in Herrn Bergers Küche bekommen. Die beiden Mädchen verzichteten gönnerhaft zugunsten der Jungen darauf, weil sie am Ende eingesehen hatten, dass die größeren Bäume doch viel schöner aussahen und sich die Kerzen zwischen den lichten Abständen auf den Zweigen besser anbringen ließen.

Die Hausherrin beorderte alle Familienmitglieder nach oben in deren Zimmer mit der klaren Anweisung, dem feierlichen Anlass entsprechend, zur Christmette etwas Festliches anzuziehen. Mit einem vielsagenden Blick auf ihre Jungs erklärte sie bestimmt: »In einer halben Stunde möchte ich euch alle sauber und ordentlich gekleidet wieder hier unten sehen.« Sie selbst gönnte sich ein klein wenig Ruhe, bevor sie aufbrechen mussten, da sie sich in weiser Voraussicht bereits am Morgen fertiggemacht hatte, um dem abendlichen zwangsläufig aufkommenden Stau im Mädchen-Badezimmer auszuweichen.

Nach und nach, aber zeitig fanden sich die Wiesels im Wohnzimmer der Familie ein. Nur Willi fehlte noch.

Maria sah ihre Lieben der Reihe nach prüfend an. Sie kontrollierte die Krawatte ihres Mannes, zog und zupfte die Kleidung der Mädchen zurecht und strich mit der Hand den Jungen noch einmal glättend über die Haare. »Wo ist dein Bruder?« Sie schaute fragend zu Max.

»Willi trödelt immer so, da bin ich schon mal vorgegangen«, gab er zur Antwort.

Nach einigen Minuten kam Willi die Treppe herunter. Alle starrten den jüngsten Familienspross verblüfft an. Franz-Josef lachte schallend und wischte sich die Tränen aus den Augen. »Willi, um Gottes willen, wie siehst du denn aus? So können wir dich auf gar keinen Fall mitnehmen. Es ist doch nicht möglich, dass du in einem Jahr derart gewachsen bist!«

Da stand Willi am Fuße der Wendeltreppe und sah erbärmlich aus. Seine beste Hose reichte ihm gerade noch bis zu den Waden. Die Jacke konnte er gar nicht mehr zuknöpfen, die Ärmel bedeckten kaum zwei Drittel seiner Arme und hörten knapp unter dem Ellbogengelenk auf. Willi grinste schief und versuchte kläglich die Jackenärmel herunterzuziehen, was ihm natürlich nicht gelingen wollte.

Maria schnappte sich kurz entschlossen ihren Sohn, um aus Willis Garderobe noch etwas Passendes herauszusuchen.

Nach dem Gottesdienst freuten sich die Wiesels auf einen gemütlichen Heiligabend zu Hause. Die Kinder deckten den Tisch, während Franz-Josef eine stimmungsvolle Weihnachts-CD heraussuchte und Maria in die Küche ging, um das Essen fertigzustellen. Zuerst nahm sie den Deckel vom Bräter. Heißer Dampf schlug ihr entgegen und stieg in einer Wolke nach oben. Nichts Gutes ahnend, schaute sie in den Topf. Die Soße war vollständig bis auf den Grund verkocht. Erschrocken stellte sie fest, dass sie vergessen hatte, die Herdplatte ganz auszustellen, bevor sie zur Kirche gegangen waren. Aus dem Braten, der ursprünglich für zwei Tage reichen sollte, war eine kleine Zwischenmahlzeit geworden, die nicht einmal für den heutigen Abend ausreichen würde. Sie versuchte zu retten, was zu retten war und goss reichlich Wasser hinzu, um den restlichen Bratensud vom Topfboden abzulösen, damit ihre Familie wenigstens durch die Kartoffeln mit Soße einigermaßen satt wurde.

Beim Abendessen wurde das Warten auf die anschließende Bescherung unerträglich. Es lag eine geheimnisvolle Spannung in der Luft. Die Jungen rutschten auf ihren Stühlen hin und her und machten keinen Hehl aus ihrer Neugierde. »Könnt ihr eigentlich nicht etwas schneller essen? Seid ihr denn immer noch nicht fertig?«, beschwerten sie sich.

Die beiden Mädchen versuchten ihre Ungeduld zu verbergen, indem sie betont gelassen ihre Muffins verzehrten.

Franz-Josef sah seine Frau verschmitzt lächelnd an und sagte mit einem Blick auf seinen Jüngsten. »Maria, ich habe die Zeitung im Büro vergessen. Ich fahre noch mal eben rüber und hole sie.«

»Ist gut Dicker, wir warten so lange mit dem Anzünden der Lichter und werden in der Zeit schon mal den Tisch abdecken«, sagte sie und zwinkerte ihm zu. Maria nannte ihren Mann häufig scherzhaft „Dicker", obwohl er alles andere als dick war. Naja, vielleicht hatte er in den letzten Jahren hier und da ein paar Pfund zugenommen. Es fiel ihm aber auch sehr schwer, den Kochkünsten seiner Frau und vor allen Dingen den süßen Leckereien in Form von Schokolade zu widerstehen.

Nachdem Franz-Josef gegangen war, halfen die Kinder ihrer Mutter den Tisch abzuräumen. Ohne Murren oder sich mit ganz dringenden Erledigungen herauszureden, verrichteten sie die Arbeit im Eiltempo. Von dieser Seite aus betrachtet, könnte das ganze Jahr über Weihnachten sein, überlegte die Hausfrau lächelnd.

Leise entfernte sie sich, um im Wohnzimmer die Kerzen zu entzünden.

Draußen pochte es laut gegen die Haustür. Rasch öffnete Maria, damit ihr keines der Kinder zuvorkam. Schwer bepackt mit einem großen Sack und vor Anstrengung schnaufend betrat Franz-Josef als Weihnachtsmann das Haus. »Wohnt hier die Familie Wiesel?«

»Ja, lieber Weihnachtsmann. Komm nur herein, die Kinder erwarten dich bereits mit Ungeduld«, antwortete Maria deutlich vernehmbar, um die Kinder aus der Küche zu locken. Flink wie die Wiesel waren alle zur Stelle.

»Na, dann will ich mal in mein goldenes Buch sehen, was dort aufgeschrieben steht.« Franz-Josef strich sich umständlich über den angeklebten Bart und öffnete ein großes Buch. »Aha, hier steht, dass Frau Wiesel eine gute Mutter und ihrem Mann die beste Ehefrau von allen ist. Das ist sehr lobenswert. Deshalb habe ich auch etwas Besonderes für sie.« Er gab seiner Frau ein kleines Päckchen und zwinkerte ihr liebevoll zu. »Wo ist denn Herr Wiesel?«, fragte er in die Runde.

»Paps ist noch mal schnell in die Kanzlei gefahren, weil er seine Zeitung vergessen hat«, meldete sich Willi zu Wort.

»So, so!«, sagte der Weihnachtsmann. »Auf ihn können wir aber jetzt nicht mehr warten, sonst schaffe ich meine Reise um den Globus nicht. Dann werde ich ein kleines Geschenk für ihn unter einen dieser wunderschönen Weihnachtsbäume legen, damit er es findet, wenn er zurück ist.«

Er bückte sich schwungvoll und drapierte ein in glänzendes Weihnachtspapier gewickeltes Paket, das er vorher von Maria empfangen hatte, unter einen Baum. Ritsch – ratsch! Aus einem breiten Riss in der knallroten Hose blitzte Franz-Josefs karierte Boxershort hervor. Alle Augen richteten sich perplex auf den Allerwertesten des heiligen Mannes. Es wurde mucksmäuschenstill.

»Bist du auch so viel gewachsen wie ich?«, erkundigte sich Willi keck in die eingetretene Stille hinein.

»Nein, ich wachse ja schon seit vielen hundert Jahren nicht mehr, aber ich nehme ab und an ein klein wenig zu«, erwiderte sein Vater geistesgegenwärtig, »das liegt wohl eher daran, dass die Engel das ganze Jahr so gut für mich sorgen und mich mit allerlei Süßigkeiten verwöhnen.« Flüsternd fügte er nur für Maria hörbar hinzu: »Allerdings heute ist das Abendessen etwas dürftig ausgefallen.«

Maria brachte rasch ein paar Sicherheitsnadeln und steckte den Riss zusammen, damit das Ansehen des Weihnachtsmannes nicht unter der kaputten Hose litt. Um sich für das „dürftige Abendessen" zu revanchieren, piekste sie ihn ein wenig mit der Nadel.

»Autsch ...!«, reagierte Franz-Josef auf den kleinen Stich, räusperte sich kurz und fuhr mit der Bescherung fort: »Hier steht außerdem, dass die Kinder der Familie Wiesel samt ihres Vaters, ihre häuslichen Verpflichtungen so lange verkaufen, bis zum Schluss niemand mehr da ist, der die Arbeiten erledigt. Das geht natürlich nicht und muss ab sofort aufhören. Denn, wenn eure Mutter am Ende doch gezwungen ist, alles selbst zu bewältigen, kann sie erheblich weniger Zeit für die Familie erübrigen.« Alle Häupter nickten bestätigend, einschließlich dem des Weihnachtsmannes, und alle Münder gelobten Besserung. Nur Willi, dem das ziemlich wurscht war, weil er als Jüngster sowieso noch die meiste Aufmerksamkeit seiner Mutter genießen durfte, berichtete empört: »Papa hat ganz doll mit mir geschimpft und behauptet, dass ich lüge.« »Das tut deinem Papa ganz bestimmt sehr leid«, versicherte Franz-Josef verlegen.

Der Sack leerte sich immer mehr und unter den Tannen war kaum noch Platz für weitere Geschenke. Willi konnte sich nur noch mühsam beherrschen, schlenkerte mit den Armen und trat von einem Bein auf das andere. »Das dauert ja ewig!«, stöhnte er genervt und verdrehte dabei die Augen zur Zimmerdecke. Schmunzelnd schaute Franz-Josef über den Brillenrand hinweg auf seinen Sohn und erhob ein wenig die Stimme: »Und jetzt zu Willibald Walter Wienand Wiesel.« Als der Junge jedoch seinen Namen hörte, duckte er sich hinter dem Rücken seiner Mutter und versuchte sich so unsichtbar wie möglich zu machen.

»In meinem Buch lese ich, dass du mit dem Fußball durch eine geschlossene Fensterscheibe geschossen hast und der Ball bei deinem Vater im Badewasser gelandet ist?«

»Ja ...«, erwiderte der Bub kleinlaut, »aber ich war das nicht alleine. Der Karli und der Tim waren auch dabei ... Wir haben es doch nicht extra gemacht!«

»Na gut, dann will ich das mal glauben, aber das nächste Mal wartest du, bis die Fenster offen sind«, lachte der Weihnachtsmann. »Vielleicht kann ich ja auch deine Eltern überreden, dass sie euch ein richtiges Tor weiter hinten im Garten aufstellen«, setzte er augenzwinkernd hinzu.

Nachdem die Bescherung vorüber war und der Weihnachtsmann sich wieder auf den Weg gemacht hatte, kam auch Franz-Josef mit der Zeitung in der Hand zurück.

Willi erzählte ihm von dem Besuch, der während der Abwesenheit des Vaters bei ihnen war, und zeigte freudestrahlend seine Geschenke, die er bekommen hatte. Sein kleines Gesicht war vor Aufregung feuerrot. Franz-Josef hörte seinem Sohn lächelnd zu.

Später, als die Kinder glücklich und zufrieden in ihren Betten lagen, ging Maria noch einmal nach oben, um allen eine gute Nacht zu wünschen. Willi hatte seinen neuen Kuschelbären im Arm und die Carrera-Bahn stand unten am Christbaum bereit, um damit während der Feiertage spannende Autorennen zu veranstalten.

»Mami«, flüsterte er, »vielen Dank für die schönen Weihnachtsgeschenke.«

Maria setzte sich zu Willi auf die Bettkante.

»Die Geschenke hat doch der Weihnachtsmann gebracht. Bei ihm musst du dich bedanken«, sagte sie bewegt.

»Ach Mami, ich weiß doch schon ganz lange, dass Paps den Weihnachtsmann spielt, wenn er die Zeitung im Büro holt.« Beschwörend legte er einen Finger auf seine Lippen und fuhr fort:»Sag ihm aber nichts davon, dass ich es weiß, sonst verderben wir Paps die ganze Freude.«

Maria deckte Willi noch einmal richtig zu, während Tränen der Rührung in ihren Augen glitzerten, und erwiderte leise:

»Nein, mein Schatz, das bleibt unser Geheimnis.«

19. Kapitel

Im Januar war es erneut bitterkalt geworden. Es schneite so heftig, als wollte es nie mehr aufhören. Die Landschaft erschien wie gepudert. Wenn die Wintersonne ein wenig Kraft fand, um durch das Schneetreiben zu blinzeln, sah man an etlichen Fenstern Eiskristalle glitzern. Außerhalb der Schule verbrachten die Kinder ihre Zeit mit Schneeballschlachten im Garten und Schlittenfahren im Park. Der kleine Weiher am Rande zum Nachbarort war längst mit einer dicken Eisschicht zugefroren, sodass man auf der Eisfläche herrliche Kreise und kunstvolle Pirouetten drehen konnte.

Für den nächsten Tag hatten die Jungen ihrem Vater das Versprechen abgerungen, mit ihnen Schlittschuhlaufen zu gehen. Franz-Josef hatte sich den Nachmittag freigehalten, um sich seinen Söhnen ohne irgendeinen Termindruck widmen zu können. Gegen Mittag schaltete er den Anrufbeantworter an und fuhr gut gelaunt nach Hause.

Willi, Max und Fritz konnten es vor Ungeduld kaum noch aushalten. Als sie mittags aus der Schule kamen, wurden die Schulrucksäcke in die Ecke geschmissen und die Schlittschuhe hervorgekramt.

»Mama, ich brauche unbedingt ein Paar dickere Socken und außerdem kommt bei denen hier mein großer Zeh durch«, beschwerte sich Max und hielt Maria seinen linken Fuß vor die Nase.

»In deiner Kommode in der obersten Schublade findest du Socken in allen erdenklichen Farben und Stärken«, erwiderte seine Mutter gelassen.

»Mama, ich brauche neue Schnürriemen für meine Schlittschuhe. Die alten sind gerissen und schon mehrfach aneinander geknotet«, schrie Fritz aus dem Keller hoch.

»Nimm bitte die Schnürriemen aus Kathis Schlittschuhen, ich werde dann nächste Woche neue besorgen.«

Nach einer gefühlten Ewigkeit waren alle zufriedengestellt und zogen los. Willi drückte Maria noch einen feuchten Kuss auf die Wange, den sie mit der kleinen Mahnung erwiderte, nicht zu weit auf den Weiher hinauszufahren, da dort die Eisfläche zu dünn wäre.

»Mach' ich, Mama!« Er zappelte sich frei und lief den anderen hinterher.

Maria hörte die Autotüren schließen. Sie freute sich auf einen ruhigen Nachmittag, bereitete sich einen Tee und zog sich mit einem Buch auf die Couch zurück.

Auf dem Weiher wimmelte es nur so von Menschen. Groß und Klein genossen das schöne Winterwetter und vergnügten sich auf dem Eis.

Ach du meine Güte, dachte Franz-Josef, hier ist ja mehr los als zur Hauptgeschäftszeit in der Fußgängerzone.

Den Jungen schien dies gar nichts auszumachen. Sie zogen sich ihre Schlittschuhe an die Füße und weg waren sie. Willi war noch etwas unsicher. Er hatte das Schlittschuhlaufen erst im vorigen Jahr gelernt. Aber nachdem er ein paar Mal ausgerutscht und hingefallen war, fuhr auch Willi, als hätte er sein Leben lang nichts anderes getan.

Weiter hinten auf der Eisfläche waren nicht so viele Kinder und so überlegte sich der Bub, dass man dort bestimmt besser laufen könne und nicht immer wieder von den anderen angerempelt würde.

Er befreite sich aus einer Schar Kinder, die gerade übereinander gefallen waren, und strebte zielbewusst der Mitte des Weihers zu. Es knirschte ein bisschen unter seinen Füßen, aber in seinem Eifer, schneller weiter weg von den anderen zu kommen, beachtete er dies gar nicht.

Franz-Josef stand währenddessen am Rande des kleinen Sees und suchte in dem Gewühl der blauen, roten und grünen Kopfbedeckungen die rote Pudelmütze seines Sohnes Willi. Er hatte ihn bereits seit einer Weile aus den Augen verloren. Langsam beschritt der besorgte Vater die Eisfläche, immer Ausschau haltend nach der roten Mütze. Fritz lief gerade an ihm vorbei und Franz-Josef hielt den Jungen am Arm fest.

»Fritz, warte mal, hast du Willi gesehen?«

»Nein Paps, aber ich glaube, er ist mit Max zusammen.«

»Nein, Max habe ich eben noch gesehen und Willi war nicht bei ihm.«

Franz-Josef verspürte ein flaues Gefühl in der Magengegend und rannte nun mit einer unguten Vorahnung rutschend und schlitternd über das Eis. Zweimal wäre er beinahe gestürzt, konnte sich aber gerade noch rechtzeitig wieder auffangen. Da, jetzt hatte er Willi gesehen. Aus Leibeskräften schrie er dem Jungen hinterher.

»Willi, Willi, komm zurück! Das Eis wird dort immer dünner.«

Aber Willi sah und hörte seinen Vater nicht. Tief in Gedanken zog das Kind seine Bahnen und bewegte sich dabei immer weiter auf die Mitte der Eisfläche zu.

Mittlerweile hatten manche der anderen Eisläufer mitbekommen, dass irgendetwas nicht stimmte. Auch sie winkten und riefen, um den Jungen auf sich aufmerksam zu machen.

Zwischenzeitlich hatte Willi seinen Vater und die anderen bemerkt. Er lachte und winkte nun seinerseits, drehte eine Pirouette, beugte sich nach vorn und streckte ein Bein nach hinten aus wie ein Eiskunstläufer. Er war mächtig stolz, seinem Vater zeigen zu können, wie schnell er das Schlittschuhlaufen doch gelernt hatte und wie gut er es schon beherrschte.

Plötzlich knackte es endgültig unter seinen Füßen. Seine Beine brachen ins Wasser ein. Er steckte bis zu den Hüften in einem Eisloch fest und konnte sich nicht mehr rühren. Eisige Kälte kroch in Sekundenschnelle von unten durch seine dicke Thermohose bis in die letzte Haarspitze hinauf. Noch einmal knackte es. Von der Einbruchsstelle zog sich ein langer Riss im Zickzack durch das Eis. Instinktiv stützte sich der Junge auf seine Ellenbogen, um nicht vollends zu versinken. Durch das Gewicht brachen in der Fläche um ihn herum weitere Spalten auf, die sich sternförmig in alle Richtungen verteilten. Angstvoll beobachtete er, wie Wasser aus den Ritzen hervorquoll. Lautes Knacken verdeutlichte die gefährliche Situation.

Willi war so verdattert, dass er völlig vergaß loszuheulen. Mit geweiteten Augen starrte er seinem Vater entgegen, der ohne auf das Knirschen unter den Füßen zu achten, wie ein Blitz in Willis Richtung schoss.

Als Franz-Josef in die Nähe der Unglücksstelle kam und das Knacken im Eis bedrohlicher wurde, legte er sich flach auf den Bauch und rutschte seitlich, Stück für Stück, in Reichweite seines Sohnes. »Willi, halt ganz still! Beweg dich nicht! Ich bin sofort bei dir und hole dich da raus«, versuchte er den Buben zu beruhigen. Franz-Josef brauchte das gar nicht extra zu sagen, denn Willi war so erstarrt vor Kälte und Schreck, dass er sich schon aus diesem Grunde nicht bewegen konnte.

In der Zwischenzeit hatten sich auch schon mehrere andere Leute vorsichtig der Stelle genähert, wo Willi ins Eis eingebrochen war. Sie legten sich genauso wie Franz-Josef auf den Bauch und bildeten eine Kette bis dahin, wo die Eisdecke fest genug war.

Endlich bekam Franz-Josef die Hand des Knaben zu fassen und zog ihn allmählich Zentimeter um Zentimeter aus dem eisigen Wasserloch heraus. Dann reichte er Willi an den Mann direkt hinter sich weiter und dieser wiederum an den nächsten, bis der Junge am

Rande des Weihers in Sicherheit war. Vorsichtig krochen nun alle wieder zurück.

Dankbar schloss Franz-Josef seinen Sohn in die Arme. Ihm fiel ein ganzer Felsbrocken vom Herzen. Das hätte böse ins Auge gehen können, dachte der Vater erleichtert. Eilig zog er Willi die Schlittschuhe von den Füßen und wickelte ihn in eine warme Decke, die jemand aus einem nahe gelegenen Haus besorgt hatte. Freundlich bedankte er sich für die Hilfe, nahm den Jungen auf den Arm und lief zum Auto, damit dieser so rasch wie möglich ins Warme kam.

Max und Fritz waren schon mal vorgerannt und kamen fast gleichzeitig mit ihrem Vater und Willi zu Hause an. Sie hatten einen gehörigen Schock bekommen und zitterten an allen Gliedern.

Maria war im Gesicht vollkommen bleich geworden, als sie vom Fenster aus ihren Mann mit Willi auf dem Arm, der in eine Decke gehüllt war, durch den Vorgarten auf das Haus zukommen sah. Sie ahnte Schreckliches und bekam eine Heidenangst. Voller Panik lief sie nach draußen. Als Willi seine Mutter an der Haustür erspähte, fand er als Erster seine Sprache wieder. »Mama, es ist alles in Ordnung! Papa hat mich gerettet«, rief er ihr entgegen.

Hastig erzählte nun Franz-Josef seiner Frau, was passiert war, während er Willi nach oben brachte, ihn kurzerhand auszog und ins Bett stopfte.

»Paps, bist du mir jetzt böse«, fragte Willi bedrückt. Er presste heftig bibbernd die Zähne aufeinander.

»Nein Willi, es ist auch meine Schuld, dass dieser Unfall passiert ist. Wir haben beide nicht richtig nachgedacht. Ich hätte dir vorher erklären müssen, dass die Eisfläche in der Mitte des Weihers immer dünner ist als am Rand. Die Gefahr, dass man dort einbrechen kann, ist sehr groß. Und du hättest nicht so weit weglaufen dürfen.«

»Mama hat es mir gesagt. Ich habe nur nicht richtig zugehört«, entschuldigte sich der Junge zerknirscht und versprach, das nächste Mal besser aufzupassen. »Aber Paps, wenn du mir nicht böse bist, warum muss ich dann ins Bett?«

»Weil du dich erst einmal wieder aufwärmen und deine normale Körpertemperatur erreichen musst. Du hast doch in dem eiskalten Wasser gesteckt. Wir werden jetzt gleich Dr. Schulze anrufen, damit er mal nach dir sieht.«

Fürsorglich deckte Franz-Josef seinen Sohn bis zur Nasenspitze zu und Maria schob ihm zusätzlich eine heiße Wärmflasche unter die Bettdecke.

Dr. Schulze, der Hausarzt der Familie, war nicht sonderlich überrascht, dass ein Besuch bei den Wiesels erforderlich wurde. Zum einen begann morgen das Wochenende, ein untrügliches Zeichen für plötzlich auftretende Krankheiten, und zum anderen war schon eine längere Zeit verstrichen, ohne dass sich eins der Kinder den Arm, das Bein oder einen Finger gebrochen hätte. Dies war ungewöhnlich, sodass er sich bereits gefragt hatte, ob seine Patienten wohl umgezogen seien, weil keinerlei Katastrophenmeldungen in seiner

Praxis eingingen. Kurzum griff er nach seiner Tasche, um sich auf den Weg zu machen.

Kaum stand er vor der Haustür und klopfte sich den Schnee vom Mantel, als Frau Wiesel auch schon die Tür öffnete.

»Guten Abend, Herr Doktor, bitte entschuldigen Sie die Störung. Es ist mir furchtbar unangenehm, dass ich Sie so spät am Freitagabend herbemühen muss.«

»Na, wer von der Rasselbande ist es denn diesmal?«, begrüßte er sie schmunzelnd.

»Unser Willi ist heute Nachmittag auf dem Weiher ins Eis eingebrochen. Es geht ihm den Umständen entsprechend ganz gut. Aber mit meinem Mann stimmt etwas nicht. Bitte Herr Doktor, sehen Sie selbst.«

Maria öffnete leise die Schlafzimmertür. Franz-Josef lag auf dem Bett, krebsrot im Gesicht und Schweißperlen auf der Stirn. Der Hausarzt schob ihm ein Fieberthermometer in den Mund.

»Ja, da haben wir aber eine schöne, ausgewachsene Grippe. Dabei hat mir doch ihre Frau erzählt, Willi sei in das Eis eingebrochen. Aber das kriegen wir schon wieder hin. Trotzdem will ich mir noch mal den Eisbrecher ansehen«, scherzte er. »Gute Besserung, Herr Wiesel.«

Lachend ging er zu Willis Zimmer und klopfte an die Tür. Willi saß im Bett und erzählte Kathi gerade, wie toll er bereits Schlittschuhlaufen konnte.

»Hallo, Dr. Schulze, wie geht es Paps? Ist er sehr schlimm krank?«

»Nein Willi, das wird schon wieder. Nach ein paar Tagen Bettruhe ist er wieder wie neu. Aber, wie geht es dir? Du scheinst ja ganz mobil zu sein, und dein Abenteuer gut überstanden zu haben. Ich werde dich mal eben abhören.«

Er steckte sich sein Stethoskop in die Ohren und hielt das andere Ende an Willis Rücken.

»Laut ein- und ausatmen!«

Willi kam der Aufforderung des Doktors brav nach und sog Luft zwischen seinen Lippen ein, bevor er sie wieder geräuschvoll hinauspustete.

»Da hast du ja noch mal richtig Glück gehabt!«, bemerkte der Hausarzt.

Dann sah er sich die Abschürfungen an den Beinen an und kontrollierte, ob der Junge ebenfalls Fieber hatte. Aber außer den paar Schrammen ging es Willi wirklich gut.

»Na, dann will ich mal wieder gehen. Anfang der Woche sehe ich noch einmal nach ihrem Mann«, wandte sich Dr. Schulze an Frau Wiesel und händigte ihr ein fiebersenkendes Medikament für Franz-Josef aus.

20. Kapitel

Der Tag der Schulaufführung rückte immer näher. Josi hatte natürlich, nachdem das Missverständnis mit Markus aus der Welt geschafft war, die Rolle der Julia wieder aufgenommen. Es wäre ihr einfach zu schwer gefallen, darauf zu verzichten. Die erneute Umbesetzung der Julia erfolgte problemlos, da Josis Nachfolgerin es der Freundin von Herzen gönnte und den Platz neidlos räumte. Überdies waren die Schüler der Theater-AG vorher bereits der Meinung gewesen, dass die beiden das weltbekannte Liebespaar tatsächlich überzeugend spielten. Wenn Romeo die Julia in seine Arme nahm, oder vielmehr war es in Wirklichkeit ja Markus, der seine Josi zärtlich umfing, bekamen besonders die weiblichen Darsteller eine Gänsehaut und es lag eine knisternde Spannung im Raum. Von daher freuten sich alle Mitwirkenden, als das Mädchen seine Entscheidung revidierte. Voller Elan trafen sich die jungen Schauspieler monatelang einmal in der Woche zu den Proben und hatten sogar ihre Kostüme selbst geschneidert.

Endlich war es so weit. Außer den Abiturienten und deren Familien waren auch die Angehörigen der schauspielenden Schüler zur Aufführung eingeladen worden. Die Aula des Gymnasiums füllte sich immer mehr. Auf der Bühne und hinter den Kulissen herrschte ein großes Durcheinander. Es wurden verschiedene

Requisiten von einer Ecke zur anderen geschoben und es machte den Eindruck, als würde niemand so richtig wissen, wo was hinsollte. Ein Mädchen lief zwischen den Komparsen umher und tupfte mit der Puderquaste auf feuchtglänzende Gesichter. Alle fieberten dem Beginn der Vorstellung entgegen und bekamen vor lauter Ungeduld rasendes Herzklopfen.

Nachdem der Schulleiter eine kurze Begrüßungsrede gehalten hatte, kündigte Markus das Stück an und stellte alle einzeln vor. Er informierte die Zuschauer darüber, in welche Stufe die Schauspieler gingen und welche Charaktere sie verkörperten.

Willi saß zwischen seinen Eltern in der ersten Reihe. Er sprang auf und klatschte begeistert in die Hände, als Josis Name fiel. »He, das ist meine Schwester«, rief er stolz ins Publikum. Max zischte ihm zu, er solle sich gefälligst auf den Hosenboden setzen und still sein.

Das Licht ging aus. Es wurde dunkel im Saal und die Scheinwerfer erhellten nun lediglich die Bühne. Die Augen der Jungen hingen gebannt an der Kampfszene im ersten Akt und Kathi seufzte entzückt, als Romeo seine Julia in der fünften Szene auf dem Fest sah und sich auf den ersten Blick in die Tochter des Grafen Capulet verliebte. Sie war tief ergriffen von den Versen des gemeinsamen Sonetts der beiden Liebenden.

Willi zupfte schon seit geraumer Zeit am Ärmel seiner Mutter, bis diese sich schließlich zu ihm hinabbeugte und dem kleinen Quälgeist mit dem Zeigefinger auf ihren Lippen bedeutete, leise zu sein.

»Warum reden die so komisch?«, fragte er trotzdem laut und vernehmlich.

»Sie sprechen in Versen«, flüsterte Maria ihm zu.

»Und warum sprechen die in Versen und nicht ganz normal?«, ließ der Junge nicht locker. »Außerdem reimt sich das Zeug doch gar nicht.«

Einige Umsitzende konnten sich das Lachen nicht verkneifen und prusteten lauthals los, während in den Reihen hinter ihnen bereits ein paar Stimmen laut wurden, die darauf hinwiesen, dass andere der Aufführung gerne zuhören würden. Um keine weiteren Unmutsbezeugungen über sich ergehen zu lassen und der peinlichen Situation zu entkommen, schnappte sich Maria ihren Sohn und verließ eilig die Aula. Willi gefiel dies überhaupt nicht. »Warum sind wir denn rausgegangen? Ich will doch Josi sehen!«, bockte er.

Maria erklärte ihm, dass ein Theaterstück das gleiche wie ein Film im Kino wäre. »Und dort darf man doch auch nicht laut reden«, fügte sie geduldig hinzu.

Willi versprach, dies zu beherzigen und die beiden gingen wieder hinein. Gleich würde sich der Vorhang zum zweiten Akt öffnen und die berühmte Balkonszene sollte beginnen. Josi war sehr aufgeregt. Sie konnte sich an kein Wort des Dialoges mit Romeo mehr erinnern. Ihr Kopf war leer und ihre Hände schweißnass. Markus versuchte, sie zu beruhigen. Er nahm sie tröstend in den Arm und sagte: »He, du schaffst das. Wir schaffen das gemeinsam!«

Josi tat der Zuspruch gut und sie lächelte dankbar. Anfangs noch etwas stockend, dann immer sicherer, trug sie auf Markus´ Stichworte hin die Rolle der Julia fehlerfrei vor.

Willi starrte wie hypnotisiert auf die Seite der kleinen Mauer aus Pappe, hinter der bewaffnete Schüler standen und auf ihren nächsten Auftritt warteten. Maria hatte mit Fritz und Max die Plätze getauscht, falls sie noch einmal mit Willi auf den Gang hinausmusste, und so saß der Junge am äußersten Rand der Stuhlreihe. Er rutschte unruhig auf seinem Sitz hin und her. Mit am Mund vorgehaltener Hand versuchte er Josis Aufmerksamkeit zu bekommen.

»Pst ... Pssst! Josi, pass auf! Da steht der Lukas aus deinem Deutschkurs mit einem Schwert.«

»Willi ...!«, ermahnte ihn seine Mutter leise und legte wiederholt ihren Finger auf die Lippen.

»Aber, ich muss Josi warnen, sie kann den Lukas doch nicht sehen. Der hat sich hinter der Mauer versteckt«, flüsterte Willi zurück.

Auf der Bühne wurde von oben langsam eine große Sonne aus Papier heruntergelassen, um den kommenden Morgen zu symbolisieren. Vogelgezwitscher ertönte hinter der Kulisse. »Liebster, es war die Nachtigall und nicht die Lerche«, deklamierte Josi, »der Tag ist ja noch fern.«

Das war zuviel für Willi. Jetzt hielt ihn nichts mehr auf seinem Stuhl. Er sprang auf und schrie: »He, Markus, das stimmt nicht, Josi lügt! Das war wohl eine Lerche. Es ist schon morgens.«

Maria packte sich ihren Sohn erneut und führte ihn unter lautem Gelächter hinaus. Es war ihr ungemein peinlich. Mit gesenktem Kopf und vielen gemurmelten

Entschuldigungen verließ sie die Schulaufführung, mit dem sich sträubenden Willi an der Hand. Zu Hause nahm sie sich ihren Sohn noch einmal vor.

»Sieh mal, Willi, bei einem Theaterstück muss man zuhören und darf nicht einfach dazwischen plappern.«

»Aber Mama, es stimmt wirklich nicht, was Josi gesagt hat. Hast du nicht die Sonne gesehen? Es wurde schon hell und die Nacht war vorbei. Aber die Nachtigall singt nur, wenn es dunkel ist, das weiß ich genau. Das haben wir im Sachkundeunterricht gelernt. Also hat Josi den Markus doch angelogen, der Tag war nicht mehr fern«, verteidigte der Junge vehement seine Logik. »Übrigens sagen die Erwachsenen doch immer, man darf nicht lügen.«

Frau Wiesel musste trotz des Ärgernisses schmunzeln und konnte dem wahrheitsliebenden Störenfried einfach nicht mehr böse sein. »Da hast du recht«, sagte sie und nickte bekräftigend. »Aber das Theater ist ein Spiel und die Schauspieler müssen das sagen, was in dem Stück geschrieben steht und was der Regisseur bestimmt.«

»Dann hat eben der Regisseur gelogen«, beendete Willi das Thema für sich und lief mit Kater Schnurr auf dem Arm die Treppe hinauf in sein Zimmer.

Maria blieb in der Küche sitzen und wartete auf den Rest der Familie. Fröhlich lachend kamen alle nach Hause. Die Schulaufführung war ein voller Erfolg gewesen. Mit roten Wangen und leuchtenden Augen redeten die Heimkehrer durcheinander und erzählten von den begeisterten Da-Capo-Rufen des Publikums.

Sie schaute der Reihe nach ihre Lieben an und ließ die vergangenen Monate noch einmal Revue passieren. Es war ein spannendes Jahr gewesen. Trotz der vielen Arbeit und Turbulenzen, die eine Großfamilie nun mal mit sich brachte, war sie mit ihrem Leben zufrieden und liebte jeden einzelnen von ganzem Herzen. Franz-Josef, der in ihrem Gesicht lesen konnte wie in einem aufgeschlagenen Buch, nahm sie in den Arm und flüsterte ihr ins Ohr: »Wir können stolz auf unsere Rasselbande sein.« Glücklich legte sie für einen Moment den Kopf an seine Schulter. »Gleich gibt es Abendessen«, bemerkte sie entspannt. »Wunderbar«, freute sich Franz-Josef, »was gibt's denn?« »Nudeln mit Soße!«, erwiderte die Hausfrau lachend.